DVDで学ぶ日本語

艾琳
挑戰！

我會說日語
にほんごできます。

vol.2

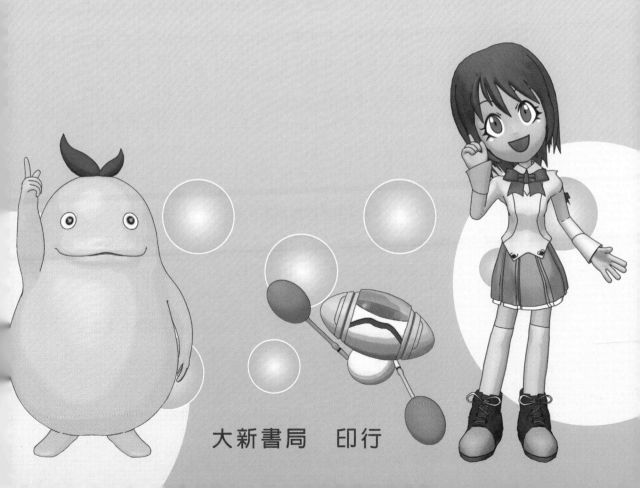

大新書局　印行

みなさんへ

　この教材は、若い学習者のためのDVD教材です。

　教材の中心は、スキット（学習のための短いドラマ）です。主人公エリンは、自分の国で、少し日本語を勉強しました。そして、日本の高校に留学します。高校やホームステイの家、町の中などで、日本語を使います。はじめは、自信がありませんでしたが、毎回、「日本語でできる」ことが、1つずつふえます。そして、だんだん、自信を持って、日本語を話すことができるようになります。みなさんも、この教材で、エリンといっしょに、日本語の自信をつけてください。

　また、この教材では、日本の生活や文化も、たくさん勉強できます。楽しい映像がたくさん入っています。新しい日本の生活もわかります。むかしからの日本の習慣もわかります。スキットや、ほかのコーナーの映像を見て、いろいろな日本を発見してください。そして、考えてください。みなさんや、みなさんの国と、どこがちがいますか。どこが同じですか。どこがおもしろいですか。どうしてでしょうか。自分の考えを、友だちやまわりの人と話してください。

　みなさんが、この教材で、日本語の勉強を「楽しい！」「おもしろい！」と思ってくださったらうれしいです。そして、もっと日本や日本人を好きになってくださったら、とてもうれしいです。

国際交流基金

目次
もくじ

第9課　今のことを話す　－習い事－ 17
だい　か　　　いま　　　　　　はな　　　なら　ごと

第10課　きょかをもらう　－ファッション－ 39
だい　か

第16課 説明する　－けが・病気－ 165
だい　　か　せつめい　　　　　　　　　びょうき

附録／翻訳 187
ほんやく

文化項目リスト 228
ぶんかこうもく

この教材の説明
きょうざい　せつめい

1．教材の全体構成
きょうざい　ぜんたいこうせい

第1巻　第1課～第8課（全8課）　　　　　【DVD 1枚、テキスト1冊】
だい　かん　だい　か　だい　か　ぜん　か　　　　　　　　　　　　まい　　　　　　　　　　　さつ

第2巻　第9課～第16課（全8課）　　　　　【DVD 1枚、テキスト1冊】
だい　かん　だい　か　だい　か　ぜん　か　　　　　　　　　　　　まい　　　　　　　　　　　さつ

第3巻　第17課～第25課（全9課）・「日本の高校生」
だい　かん　だい　か　だい　か　ぜん　か　　　にほん　こうこうせい

　　　　　　　　　　　　　　　　　　　　　【DVD 2枚、テキスト1冊】
　　　　　　　　　　　　　　　　　　　　　　　　　まい　　　　　　　　　　　さつ

このテキストは、第2巻のテキストです。
　　　　　　　　だい　かん

2．各課のタイトル
かくか

全体のタイトルは、つぎのとおりです。
ぜんたい

タイトル①は「日本語でできる」ようになることです。
　　　　　　　　にほん　ご

タイトル②は場面やトピックです。
　　　　　　　ば めん

課か	タイトル① （日本語でできるようになること） にほん ご	タイトル② （場面やトピック） ば めん
第1巻 だい　かん	1 はじめてのあいさつ	教室 きょうしつ
	2 おねがいする	学校 がっこう
	3 ものをさす	家 いえ
	4 場所をきく ば しょ	コンビニ
	5 時間を言う じ かん い	塾 じゅく
	6 ねだんをきく	バス
	7 しゅみを話す はな	友だちのへや とも
	8 注文する ちゅうもん	ファーストフード

	9	今のことを話す	習い事
第2巻	10	きょかをもらう	ファッション
	11	じゅんばんを言う	温泉
	12	友だちと話す	部活
	13	やり方をきく	駅
	14	よそうを言う	携帯電話
	15	きぼうを言う	祭り
	16	説明する	けが・病気
第3巻	17	はんたいのことを言う	授業
	18	くらべて言う	100円ショップ
	19	理由を話す	アルバイト
	20	けいけんを話す	修学旅行
	21	きそくをきく	余暇
	22	こまったことを話す	トラブル
	23	友だちをさそう	遊園地
	24	へんかを言う	文化祭
	25	気持ちをつたえる	別れ
	オプション	日本の高校生（10名）	

3．各課の内容

1．オープニング

2－1．基本スキット（字幕付）

留学生のエリンが、学校や日常生活の中で、日本語を使って、いろいろなことに挑戦します。

2－2．CAN-DO のための大切な表現（説明と練習）

DVD では、CG キャラクターのホニゴン先生が教えて、エリンが勉強します。テキストには、練習問題があります。

3．基本スキット２回目（字幕付）
きほん　　　　　　　　　　かいめ　　じまくつき
基本スキットがもう一度入っています。
きほん　　　　　　　　　いちどはい
（ときどき、少し短くなっています。）
すこ　みじか

4．いろいろな使い方
つか　かた
各課の大切な表現を、いろいろな日本人が、いろいろな場面で、実際に使って
かくか　たいせつ　ひょうげん　　　　　　　　　　にほんじん　　　　　　　　　ばめん　　じっさい　つか
います。

5．これは何？
なに
各課の場面やトピックに関連するおもしろいものを紹介します。
かくか　ばめん　　　　　　　　かんれん　　　　　　　　　　　　しょうかい

6．応用スキット（字幕付）
おうよう　　　　　じまくつき
エリンの同級生たち（日本人）の会話です。
どうきゅうせい　にほんじん　かいわ
会話のことばやはやさは、ふつうの日本人の会話とだいたい同じです。
かいわ　　　　　　　　　　　　　　　　にほんじん　かいわ　　　　　　　おな

7．応用スキット２回目（字幕付）
おうよう　　　　　　　　かいめ　じまくつき
応用スキットがもう一度入っています。
おうよう　　　　　　　　いちどはい
（ときどき、少し短くなっています。）
すこ　みじか

8．やってみよう
各課の場面やトピックに関連する日本のいろいろなことに挑戦します。
かくか　ばめん　　　　　　　　かんれん　にほん　　　　　　　　　　　　ちょうせん
みなさんも、どうぞやってみてください。

9．見てみよう
み
各課の場面やトピックに関連する日本のいろいろなものを紹介します。
かくか　ばめん　　　　　　　　かんれん　にほん　　　　　　　　　　　しょうかい
気づいたことを、まわりの人と話してください。
き　　　　　　　　　　　　　　　　ひと　はな

10．世界に広がる日本語
せかい　ひろ　　にほんご
世界のいろいろな国で、いろいろな人が日本語を勉強したり仕事で使ったり
せかい　　　　　　くに　　　　　　　　　　ひと　にほんご　べんきょう　　しごと　つか
しています。
その「日本語の仲間」のようすを見てください。
にほんご　なかま　　　　　　み

11.（第３巻オプション）日本の高校生
<ruby>日<rt>だい</rt></ruby> <ruby>巻<rt>かん</rt></ruby>オプション <ruby>日本<rt>にほん</rt></ruby>の<ruby>高校生<rt>こうこうせい</rt></ruby>
日本人の高校生 10 人を紹介します。
<ruby>日本人<rt>にほんじん</rt></ruby>の<ruby>高校生<rt>こうこうせい</rt></ruby> <ruby>人<rt>にん</rt></ruby><ruby>紹介<rt>しょうかい</rt></ruby>
高校生は、ふつうのことばとはやさで話します。
<ruby>高校生<rt>こうこうせい</rt></ruby> <ruby>話<rt>はな</rt></ruby>

・・・・・・・・・・・・・・・・・・・・・・・・・・・

12. ことばをふやそう（テキストだけ）
各課の場面やトピックに関連することばのイラストです。
<ruby>各課<rt>かくか</rt></ruby>の<ruby>場面<rt>ばめん</rt></ruby>やトピックに<ruby>関連<rt>かんれん</rt></ruby>することばのイラストです。

＊テキストでは、「やってみよう」「世界に広がる日本語」などのコーナーの文字
<ruby>世界<rt>せかい</rt></ruby>に<ruby>広<rt>ひろ</rt></ruby>がる<ruby>日本語<rt>にほんご</rt></ruby> <ruby>文字<rt>もじ</rt></ruby>
に（ ）や □ がついています。

（ ）はまちがっている発話（音）や、特別な話しことばです。
<ruby>発話<rt>はつわ</rt></ruby>（<ruby>音<rt>おと</rt></ruby>） <ruby>特別<rt>とくべつ</rt></ruby>な<ruby>話<rt>はな</rt></ruby>しことばです。

□ は正しく直した文字（映像では言っていない）です。
<ruby>正<rt>ただ</rt></ruby>しく<ruby>直<rt>なお</rt></ruby>した<ruby>文字<rt>もじ</rt></ruby>（<ruby>映像<rt>えいぞう</rt></ruby>では<ruby>言<rt>い</rt></ruby>っていない）です。

この教材を授業でお使いになる先生方へ

　この教材は、主に若い学習者を対象にした素材提供型の映像教材で、「語学学習」と「異文化・多文化の理解」という2つの柱を持っています。はじめから順番に日本語を勉強する主教材ではなく、いろいろな国のいろいろなカリキュラムで学習している学習者に、それぞれの興味や関心に合わせて見てもらい、日本語学習と日本文化への興味を更に高めてもらうことを一番の目的としています。したがって、授業で先生方が使われる場合も、現場に合わせて柔軟に利用していただきたいと考えています。この教材の特徴は、以下の5つです。

特徴1.「日本語でできる」という勇気と自信を持たせる

　語学学習については、「CAN-DO」のシラバスを用いています。この教材は、「日本語の文型を正確に覚えて言えるようにする」教材ではありません。学習者には、基本スキットや表現の練習を見て、主人公の留学生に自分を重ね、現在勉強している（または、すでに勉強した）日本語を使ったら、本当に日本で生活したり楽しんだりすることができるのだという自信を持ってほしいと考えています。

特徴2. 実際に使われている本物に近いことばを重視する

　これまでの日本語教材や日本語の授業では、どうしても学習者に合わせた発話スピードや語彙のコントロールをすることが多くありました。しかし、その結果、たとえば、来日した留学生が、自分が学習した日本語と実際の日本語のギャップにとまどったり、教室で日本語を習った学習者が、なかなか日本人の友だちと自然な会話ができなかったりすることもありました。この教材では、できるだけ、実際に使われている本物の日本語を語彙の面からもスピードの面からもこわさないように留意しました。特に若い世代の言葉については、実際の高校生にも意見を聞きながら制作しました。

特徴3. 若い世代が興味を持つ場面やトピックを扱う

　この教材の制作にあたっては、海外11か国の高校生やその教師からアンケートを行い、彼らの興味や映像へのニーズを調査しました。教材で取り上げた場面やトピックは、その調査結果に基づいています。日本語の教科書では伝統的な日本が紹介されることが多く、それに強い関心を持つ学習者もいます。一方、マスメディアやインターネットを通して現

代の日本の情報をたくさん得ていて、それに興味を持つ人もいます。この教材では、このような多様な日本を、できるだけ幅広く扱うようにしました。

特徴4. 異文化・多文化についての視野を広げられるような映像を提供する

　特徴3．にも書いたように、映像では、現在の日本をできるだけそのまま、様々な側面から伝えることを重視しました。学習者には、すべてのコーナーから、日本のいろいろな部分に気づいたり発見したりする見方をしてもらいたいと考えています。先生方にも、できるだけ、学習者の国との単純な事象や習慣の違いだけに注目させるのではなく、学習者といっしょに共通点を見出したり、違いの背景にある社会や人について考えたり話し合ったりすることができるような見せ方、扱い方をしていただきたいと願っています。

特徴5. 1つ1つのコーナーを短い時間にする

　ここまで書いてきたように、この教材は日本語学習や文化学習のための素材です。そのため、授業で使われる場合でも、いろいろなレベルのいろいろな授業で、先生方のアイディアによって利用できるよう、各コーナーを数分以内の短いものでまとめました。どのコーナーをどこからどの順番で、授業のどんな部分で使っていただいてもいいと思います。ぜひ、ご自身の授業を活性化するために、この教材をご活用ください。

<漢字について>

　DVDやテキストでは、「日本語能力試験出題基準」の3級や4級の漢字が入っていることばを漢字にしました。（日本語能力試験については http://www.jlpt.jp/ をごらんください。）
　しかし、2級以上の漢字のことばでも、若い学習者（特に高校生）の日常生活でよく見る漢字については、漢字を用いました。学習者には、日本の生活でよく見る漢字は、意味するものがわかる、という程度に理解してほしいと考えていて、書けることまで期待しているわけではありません。教材全体の「日本をできるだけありのまま伝える」という姿勢から、一般の初級にしては漢字を多めに入れました。
　また、DVDの同録（発話をそのまま文字化した部分）では、画面の都合で、少し多く漢字を使っています。

※日本語能力試験は 2010 年に改定しました。新試験と本書の漢字使用基準とした旧試験との関係については以下をご参照ください。
　http://www.jlpt.jp/about/comparison.html

致使用本教材授課的各位老師：

　　本教材是以年輕學子為主要對象的題材提供型影像教材，具有「語言學習」和「理解不同文化、多元文化」這兩大主旨。本教材並不是讓學習者從頭開始循序漸進學習日語的主教材，其最大目的是配合在各國、各種教育課程中學習的學生各自的興趣及喜好，進一步提升他們對日語學習及日本文化的興趣。因此，我們希望老師們授課時也能依據現場情況靈活運用本教材。本教材具有以下 5 項特色：

特色 1. 給予「能使用日語達成任務」的勇氣和信心

　　語言學習採用「CAN-DO」的課程大綱。本教材的目的並不是讓學生「能夠正確記住日語句型並說出口」，而是讓學生看了基礎短劇及表達方式的練習，將自己投射在劇中主角的留學生身上，進而產生「只要使用目前正在學習（或已經學過）的日語，就能融入日本社會，享受日本生活」的自信。

特色 2. 著重接近現實生活的詞語

　　當前的日語教材和日語授課大多會配合學生調整語速和詞彙。然而卻造成以下結果：舉例來說，到日本留學的學生會對自己所學的日語和實際日語之間的落差感到不知所措，或是在教室學習日語的學生無法和日本朋友自然地交談。無論是語彙方面還是語速方面，本教材都盡可能保留了實際使用的日語的真實樣貌。特別是年輕人用語，我們製作教材時也實際聽取了高中生的意見。

特色 3. 採用年輕人感興趣的場景及話題

　　在製作本教材時，我們對國外 11 個國家的高中生及教師實施了問卷調查，調查他們的興趣以及對影片的需求。教材中採用的場景和主題，都是根據該問卷調查的結果決定的。日語教科書中常介紹傳統日本文化，有些學生對此抱持著強烈興趣；而透過大眾媒體及網路可獲知大量的現代日本資訊，有些學生則對此感興趣。如此多樣化的日本，本教材也盡可能廣泛地蒐羅了題材。

特色 4. 提供能擴展不同文化和多樣文化之視野的影像

正如特色 3 提到的，在影片方面，我們重視從各個面相著手，盡可能不加修飾地傳達當前日本的情況。希望學生能從所有單元發現日本的各種樣貌，以此種角度來進行學習。也希望教師不是只讓學生注意到日本和自己國家在單純現象及習慣上的差異，而是和學生一起找出共通點，或是針對差異的背景，也就是社會和人進行思考和討論。

特色 5. 縮短每個單元的時間

如前所述，本教材是學習日語及文化的題材提供書。因此，為了方便老師根據自己的創意在各程度的不同課堂上使用，我們將各單元整理成幾分鐘之內即可完成的內容。老師可以在課堂的任何進度，利用任何單元，以任何順序，從任何部分開始授課。請各位老師活用本教材來活化自己的課堂。

＜關於漢字＞

在 DVD 和課本中，內含「日本語能力試驗出題基準」3 級和 4 級漢字的詞彙，皆以漢字表示。（日本語能力試驗相關資訊請參見 http://www.jlpt.jp/）

然而，即使是 2 級以上的漢字詞彙，只要是年輕學子（特別是高中生）在日常生活中常見的漢字，我們也以漢字表示。我們期望的不是學生能書寫這些漢字，而是希望他們理解這些生活中的常見漢字所代表的含義。基於本教材貫徹的「盡可能如實地傳達日本」這一立場，以一般初級教材來說，本教材的漢字用得稍微多了點。

另外，在 DVD 的同步錄音（把對話直接轉為文字的部分）中，由於畫面尺寸的限制，我們也使用了較多的漢字。

※日本語能力試驗已於 2010 年改制。新制與本書作為漢字使用基準的舊制之間的關聯，請參見以下網址。

http://www.jlpt.jp/about/comparison.html

登場人物紹介
とうじょうじんぶつしょうかい

クラスメート

折原薫
おりはらかおる

林健太
はやしけんた

2年5組
ねん　くみ

同じ塾に通う友人
おな　じゅく　かよ　ゆうじん

テニス部の仲間
ぶ　なかま

2年6組
ねん　くみ

親友
しんゆう

クラスメート

三田村めぐみ
みたむら

藤岡咲
ふじおかさき

エリン

CGキャラクター紹介
しょうかい

ホニゴン
エリンの先生
せんせい

エリン

N21-J
エリンの勉強を
べんきょう
手伝うロボット
てつだ

DVD の使い方
<ruby>使<rt>つか</rt></ruby>い<ruby>方<rt>かた</rt></ruby>

「日本語」「中国語」があります。
<ruby>日本語<rt>にほんご</rt></ruby> <ruby>中国語<rt>ちゅうごくご</rt></ruby>

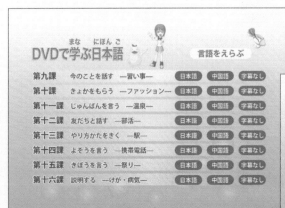

字幕をえらびます。
<ruby>字幕<rt>じまく</rt></ruby>

「日本語」「中国語」「字幕なし」が
<ruby>日本語<rt>にほんご</rt></ruby> <ruby>中国語<rt>ちゅうごくご</rt></ruby> <ruby>字幕<rt>じまく</rt></ruby>

あります。

第 **9** 課
だい か

今のことを話す
いま　　　　　　　　　　　　はな

── 習い事 ──
なら　ごと

≪ことばをふやそう！≫「いろいろな習い事」「動詞(2)・公園」
なら　ごと　どうし　こうえん

≪これは何？≫
なに

≪やってみよう≫「生け花」
い　ばな

≪見てみよう≫「いろいろな習い事」
み　　　　　　　　　　　　　　なら　ごと

≪世界に広がる日本語≫「インドネシア／日本語を使って働いている人」
せかい　ひろ　にほんご　　　　　　　　　　　　　にほんご　つか　はたら　　　ひと

基本スキット
まんが

あ、やってる、やってる。

…すごいですねえ。

あれは、何をしていますか？

バターン

うけみの練習。

つまり、じょうずにたおれる練習。

じょうずにたおれる…。

あの人…
大きいですね。

ほんと、
強そう…。

すごい。

あの人、じょうずに
たおれましたね！

エリン！

あれは、うけみの
練習じゃないよ。

基本スキット
き ほん

おさらい

さき：あ、やってる、やってる。

エリン：…すごいですねえ。

エリン：あれは、何をしていますか？
　　　　　　なに

さき：うけみの練習。
　　　　　れんしゅう

　　　　つまり、じょうずにたおれる練習。
　　　　　　　　　　　　　　　　れんしゅう

エリン：じょうずにたおれる…。

柔道の先生：始め！
じゅうどう せんせい はじ

エリン：あの人…大きいですね。
　　　　　ひと　おお

さき：ほんと、強そう…。
　　　　　　　つよ

エリン：すごい。

　　　　あの人、じょうずにたおれましたね！
　　　　　ひと

さき：エリン！

　　　　あれは、うけみの練習じゃないよ。
　　　　　　　　　　　　れんしゅう

CAN-DO 表現
ひょうげん

今のことを話す
いま　　　　　はな

☆ CAN-DO のための大切な表現☆
たいせつ　　ひょうげん

❶ あれ（あの人たち）は、何をしていますか。
ひと　　　　なに

❷ うけみの練習をしています。
れんしゅう

☆ "今のことを話す" 言い方です。
いま　　　はな　い　かた

《動詞の【て形】》に「います」をつけます。
どうし　　けい

《動詞》の活用には、3つのグループがあります。
どうし　　かつよう　　みっ

それぞれのグループの【て形】は、下の表のように作ります。
けい　　した　ひょう　　　つく

Ⅰ グループ（五段動詞）
ごだんどうし

ます形 けい		て形 けい	
うたいます	uta-imasu	うたって	って
まちます	mach-imasu	まって	
はしります	hashir-imasu	はしって	
よびます	yob-imasu	よんで	んで
のみます	nom-imasu	のんで	
しにます	shin-imasu	しんで	
ききます	kik-imasu	きいて	いて
いそぎます	isog-imasu	いそいで	いで
はなします	hanash-imasu	はなして	して

Ⅱ グループ（一段動詞）
いちだんどうし

ます形 けい		て形 けい
みます	mi-masu	みて
ねます	ne-masu	ねて
たべます	tabe-masu	たべて

Ⅲ グループ（不規則動詞）
ふきそくどうし

ます形 けい	て形 けい
き（来）ます	きて
します	して

例１）さきさんは何をしていますか。
れい　　　　　　　　　なに

　　　友だちと話しています。
　　　とも　　　はな

例２）けんた君は何を食べていますか。
れい　　　　　くん　なに　た

　　　ラーメンを食べています。
　　　　　　　　た

例３）雨がふっています。
れい　　あめ

練習 *1.*
れんしゅう

例のように言ってください。
れい　　　　い

例：（手紙を書きます）→ 手紙を書いています。
れい　てがみ　か　　　　てがみ　か

１．（テレビを見ます）
　　　　　　　み

　　→ _____

２．（ソファでねます）

　　→ _____

３．（友だちを待ちます）
　　　とも　　　ま

　　→ _____

４．（ジュースを飲みます）
　　　　　　　　の

　　→ _____

５．（プールでおよぎます）

　　→ _____

６．（へやのそうじをします）

　　→ _____

練習 *2.*
れんしゅう

p.27 の絵を見て、例のように言ってください。
え　み　　れい　　　い

例：走っています。
れい　はし

いろいろな使い方
つか　かた

❶ 映画館で
えいがかん

客：すいません。もう始まりましたか？
きゃく　　　　　　　　　　　　　はじ

受付の人：はい。ただ今 14 時の回を上映しています。
うけつけ　ひと　　　　　　　　いま　　じ　　かい　じょうえい

つぎの上映は 17 時からになります。
じょうえい　　　じ

客：じゃあ、17 時の回を 1 枚ください。
きゃく　　　　　　　　じ　　かい　　まい

受付の人：はい。かしこまりました。
うけつけ　ひと

❷ 天気予報で
てんきよほう

気象予報士：大型で強い台風が、げんざい、
きしょうよほうし　おおがた　つよ　たいふう

太平洋上を北にゆっくり進んでいます。
たいへいようじょう　きた　　　　　　　　すす

❸ 動物園で
どうぶつえん

お母さん：あ、今、飲みこんじゃった。
かあ　　　　　いま　の

ほら、ぞうさん、ごはん食べてるよ。
た

子ども：ほんとだ。
こ

お母さん：大きくなるよ、きっと。
かあ　　　　おお

子ども：うんち…ブリ！
こ

お母さん：…うんち。
かあ

応用スキット
おうよう

さき：もしもし？　あ、お母さん？
かあ

今？　ジムにいる。
いま

お姉ちゃん？
ねえ

お姉ちゃんは、走ってるよ。
ねえ　　　　はし

うん。もうすぐ帰る。
かえ

さき：お姉ちゃん。
　　　ねえ

　　　お母さんがね、無理するなって。
　　　かあ　　　　　むり

あかね：あんたは、よゆうね…。

さき：若いですからね。
　　　わか

　　　そうだ、夕飯は、
　　　　　　　ゆうはん

　　　お姉ちゃんの好きなカレーだって！
　　　ねえ　　　　す

あかね：カレー！？

　　　カレー分のカロリー、あと何分走れば
　　　　　ぶん　　　　　　　　　なんぷんはし

　　　しょうひされるんだろう…。

さき：がんばって、お姉さま！
　　　　　　　　　　ねえ

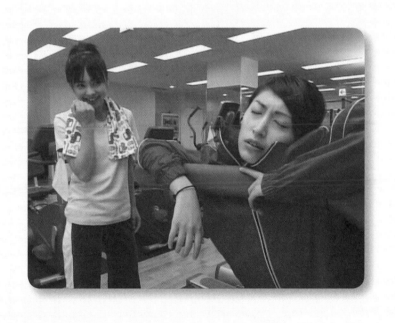

《ことばをふやそう！》

〈いろいろな習い事〉
ならい　ごと

①華道
かどう

②書道
しょどう

③茶道
さどう

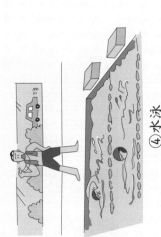

④水泳
すいえい

⑤ピアノ

⑥剣道
けんどう

⑦柔道
じゅうどう

⑧バレエ

〈動詞(2)・公園〉
どうし　　こうえん

①電話をします
　でんわ
②なきます
③呼びます
　よ
④走ります
　はし
⑤読みます
　よ
⑥ギターをひきます
⑦歌います
　うた
⑧聞きます
　き
⑨写真をとります
　しゃしん

⑨ 今のことを話す
_{いま}　　　　_{はな}

これは何？
_{なに}

柔道場でおもしろいものを見つけました。
_{じゅうどうじょう}　　　　　　　　_み

何でしょうか？
_{なん}

太いひもです。
_{ふと}

いろいろな色があります。
_{いろ}

柔道の帯！
_{じゅうどう}　_{おび}

色で強さがわかります。
_{いろ}　_{つよ}

やってみよう

「生け花」
<ruby>生<rt>い</rt></ruby>け<ruby>花<rt>ばな</rt></ruby>

ナレーション：今日は、生け花をしましょう。
<ruby>今日<rt>きょう</rt></ruby>　<ruby>生<rt>い</rt></ruby>け<ruby>花<rt>ばな</rt></ruby>

生け花は、日本のでんとうてきな文化の１つです。
<ruby>生<rt>い</rt></ruby>け<ruby>花<rt>ばな</rt></ruby>　<ruby>日本<rt>にほん</rt></ruby>　<ruby>文化<rt>ぶんか</rt></ruby>　<ruby>１<rt>ひと</rt></ruby>つ

先生：パチン、パチンと切っていただくわけですけども。
<ruby>先生<rt>せんせい</rt></ruby>　<ruby>切<rt>き</rt></ruby>っ

ナレーション：今日の先生は小沢清香さんです。
<ruby>今日<rt>きょう</rt></ruby>　<ruby>先生<rt>せんせい</rt></ruby>　<ruby>小沢清香<rt>おざわせいこう</rt></ruby>

用意するものは、はさみと剣山、
<ruby>用意<rt>ようい</rt></ruby>　<ruby>剣山<rt>けんざん</rt></ruby>

そして花を生ける花器です。
<ruby>花<rt>はな</rt></ruby>　<ruby>生<rt>い</rt></ruby>ける<ruby>花器<rt>かき</rt></ruby>

まず、花器に剣山を置きます。
<ruby>花器<rt>かき</rt></ruby>　<ruby>剣山<rt>けんざん</rt></ruby>　<ruby>置<rt>お</rt></ruby>

そして水を入れます。
<ruby>水<rt>みず</rt></ruby>　<ruby>入<rt>い</rt></ruby>

先生：それでは、生けてまいります。
せんせい　　　　　　い

枝のものは水の中でななめに切ります。
えだ　　　　　　みず　なか　　　　　　き

剣山にしっかりとさします。
けんざん

そして少しかたむけてください。
すこ

ナレーション：まず、3本の枝と花で全体のかたちをきめます。
ぼん　えだ　はな　ぜんたい

それから、ほかの花や葉を生けます。
はな　は　い

先生：どうぞ自由に花を生けてやってみてください。
せんせい　　　　じゆう　はな　い

ナレーション：それでは、やってみよう！

女の人：むずかしい、これ。
おんな　ひと

男の人1：アーオ。
おとこ　ひと

男の人2：そうですね、なんか、りっぱなものをつくりたい。
おとこ　ひと

先生：りっぱなものを。はい。
せんせい

男の人2：できました。
おとこ　ひと

先生：剣山はかくしましょう。
せんせい　けんざん

ナレーション：剣山は短い葉でかくします。
けんざん　みじか　は

先生：はい、はい。あ、けっこうですよ。
せんせい

そうすると、どうでしょうか。

いいじゃないですか。

男の人2：すごいすてきな雰囲気になります。
おとこ　ひと　　　　　　　　　　　　　ふんいき

先生：とてもね、ゆうだいな感じがします。
せんせい　　　　　　　　　　　　　　かん

ナレーション：きれいにできましたね。

女の人：どうですか。
おんな　ひと

うーん、まあ、やっぱりおもしろいですね。

まあ、また今からもうちょっと勉強したい（ん）です。
　　　　　　いま　　　　　　　　べんきょう

ナレーション：それぞれいろいろな生け花ができました。
　　　　　　　　　　　　　　い　ばな

どの生け花もいいですね。
　　い　ばな

31

見てみよう
み

「いろいろな習い事」
なら　ごと

ホニゴン：今日は、いろいろな習い事を見てみよう。
きょう　　　　　　　　　　　　　　　　なら　ごと　み

ホニゴン：まず、ピアノ教室だよ。
きょうしつ

エリン：はい。

ホニゴン：ピアノは人気があって、たくさんの人が習っているんだ。
にんき　　　　　　　　　　　　　ひと　なら

生徒：こんにちは。
せいと

生徒：おねがいします。
せいと

先生：こんにちは。はい。
せんせい

ホニゴン：これは個人レッスンだねえ。
こじん

先生：じゃ、通して、まず、ひいてみようか。
せんせい　　　　とお

先生：このスタッカートの音とか、もう少し、
せんせい　　　　　　　　　　おと　　　　　すこ

何かリズムを出してみて。
なん　　　　　だ

生徒：はい。
せいと

エリン：ほんとにじょうずですね。

すみません、何年習っていますか？
なんねんなら

生徒：14年です。
せいと　　ねん

物心ついたときはピアノを ひいてました。
ものごころ

32

ホニゴン：つぎは剣道だよ。
けんどう

エリン：外は真っ暗ですね。
そと　ま　くら

ホニゴン：そう。

平日の練習は夕方や夜から始まるんだよ。
へいじつ　れんしゅう　ゆうがた　よる　はじ

エリン：いろいろな年の人がいますね。
とし　ひと

生徒：先生に、礼！
せいと　せんせい　れい

先生：始め！
せんせい　はじ

いち！

生徒たち：めん！
せいと

先生：に！
せんせい

生徒たち：めん！
せいと

先生：はい、さん！
せんせい

生徒たち：めん！
せいと

エリン：どうして剣道を始めましたか？
けんどう　はじ

生徒：まわりの友だちが楽しそうにやっていたからです。
せいと　とも　たの

エリン：これは何だろう？
なん

ホニゴン：これは防具。
ぼう　ぐ

これで体をまもるんだ。
からだ

エリン：わあ、かっこいい！

先生：始め！
せんせい　はじ

生徒たち：やー！
せいと

ホニゴン：すごい気合だねえ。
きあい

生徒たち：やー！　やー！　……。
せいと

生徒：どう！
せいと

先生：どう、あり！
せんせい

先生：はい。
せんせい

生徒：正座！
せいと　せいざ

めんをとって。

エリン：すごいあせですね。

生徒：先生に、礼！
せいと　せんせい　れい

ホニゴン：みんな、がんばったねえ。

ホニゴン：最後は日本舞踊だよ。
さいご　にほん　ぶよう

生徒：こんにちは。
せいと

エリン：わあ、着物で練習するんですね。
きもの　れんしゅう

生徒：先生、おねがいいたします。
せいと　せんせい

先生：はい、顔を上げて。
せんせい　かお　あ

お扇子とって。
せんす

　　　　ひかえて…。

　　　　前むいて。

　　　　首…。

エリン：きれいですね。

ホニゴン：そうだねえ。

先生：下、ふせといてね。手ね。

　　　　そう。

　　　　お顔の上。

　　　　開けて。

　　　　左手、じく、すべらして。

　　　　口元。

ホニゴン：日本舞踊を習って、よかったことは？

生徒：れいぎさほうなど学べたと思います。

生徒：先生、ありがとうございました。

エリン：みんな、一生懸命でしたね。

ホニゴン：そうだね。きっとみんな上手になるねえ。

世界に広がる日本語
せかい　ひろ　　にほん　ご

「インドネシア／日本語を使って働いている人」
にほん　ご　つか　　はたら　　　　ひと

ナレーション：ここは、インドネシアのバリ島です。
とう

バリ島には、世界中からとてもたくさんの観光客が来ます。
とう　　　せかいじゅう　　　　　　　　　　　　　　　　　かんこうきゃく　き

日本人も1年に30万人ぐらい来ます。
にほんじん　　ねん　　　まんにん　　　　き

こちらはそんなバリ島の柔道場。
とう　じゅうどうじょう

柔道の先生：はじめ！
じゅうどう　せんせい

ナレーション：毎週、日曜日に人々が集まって練習しています。
まいしゅう　にちようび　ひとびと　あつ　　　れんしゅう

ここで一番強いのが、こちらのハルバヌ・ハルマワンさん。
いちばんつよ

15歳から13年間、道場に通っています。
さい　　　ねんかん　どうじょう　かよ

ハルバヌさんは、柔道を始めて、日本のことばや文化にも
じゅうどう　はじ　　　にほん　　　　　　　ぶんか

興味を持ちました。
きょうみ　も

ハルバヌ：柔道では、たくさん日本語のことば を つかうから、
じゅうどう　　　　　　にほんご

日本語 の 勉強になります。
にほんご　　　べんきょう

ナレーション：バリ島の中心部、デンパサールのサンラ国立病院です。
とう　ちゅうしんぶ　　　　　　　　　　　　こくりつびょういん

バリ島に住んでいる外国人や観光客がよく来ます。
とう　す　　　　　がいこくじん　かんこうきゃく　　き

ハルバヌさんは、この病院のお医者さんです。
びょういん　　いしゃ

1年前からこの病院で働いています。
ねんまえ　　　びょういん　はたら

ハルバヌ：どうしましたか？

患者：頭が重くて、ここがだるいんです。
かんじゃ　あたま　おも

ハルバヌ：おー、肩、肩、肩がいたいですか？
　　　　　　かた　かた　かた

患者：肩がいたいです。
かんじゃ　かた

ハルバヌ：ふつう、けつあつ…。

ナレーション：今日は日本人の患者が来ました。
　　　　　　　きょう　にほんじん　かんじゃ　き

　　　　　　　ハルバヌさんは日本人の患者を日本語で診察します。
　　　　　　　　　　　　　　にほんじん　かんじゃ　にほんご　しんさつ

ハルバヌ：外国で、あー、日本人の患者さんに、あー、安心して、
　　　　　　がいこく　　　　　にほんじん　かんじゃ　　　　　　あんしん

　　　　　　あ、治療をうけてもらいたいです。
　　　　　　　ちりょう

ハルバヌ：ここは、私がひとりで住んでいるうちです。
　　　　　　　　　　わたし　　　　　　　　す

ナレーション：ハルバヌさんの趣味は柔道だけでなく、映画を見たり本を
　　　　　　　　　　　　　　しゅみ　じゅうどう　　　　　　えいが　み　ほん

　　　　　　　読んだりすることです。
　　　　　　　よ

　　　　　　　特に日本の映画やまんがが好きです。
　　　　　　　とく　にほん　えいが　　　　　す

ハルバヌ：私は日本語を映画とまんがで勉強します。
　　　　　　わたし　にほんご　えいが　　　　　　べんきょう

　　　　　　特にアキラ・クロサワが好きです。
　　　　　　とく　　　　　　　　　　　　　す

ナレーション：最後に、大好きな日本語を教えてもらいました。
　　　　　　　　さいご　だいす　にほんご　おし

ハルバヌ：私が一番好きな日本語のことばは、「がんばって」です。
　　　　　　わたし　いちばんす　にほんご

　　　　　　日本語の勉強がんばって！
　　　　　　にほんご　べんきょう

☆ CAN-DO のための大切な表現 ☆練習の答え
たいせつ　　ひょうげん　　れんしゅう　　こた

練習 1.
れんしゅう

1. テレビを見ています。
　　　　　み

2. ソファでねています。

3. 友だちを待っています。
　とも　　　　ま

4. ジュースを飲んでいます。
　　　　　　の

5. プールでおよいでいます。

6. へやのそうじをしています。

練習 2.
れんしゅう

(例)
れい

• 電話をしています。
　てんわ

• 歌を歌っています。
　うた　うた

• 歌を聞いています。
　うた　き

• ベンチにすわっています。

• 本を読んでいます。
　ほん　よ

• 犬を呼んでいます。
　いぬ　よ

第10課
だい　　　か

きょかをもらう

―ファッション―

基本スキット
きほん
まんが

それ、今、
うちの
人気ですよ。
にんき

あ、これは
ちょっと…。

じゃあ、
これなんか
どうですか？

いろいろ、
合わせやすい
あ
ですよ。

着ても
き
いいですか？

はい。

どうぞ、
こちらへ。

どうぞ、
こちらを
ご利用
りょう
ください。

エリン、どう？

はい…。

かわいい！

あー！

あははーはは

基本スキット
き ほん

おさらい

店員：それ、今、うちの人気ですよ。
てんいん　　　いま　　　　　にんき

エリン：あ、これはちょっと…。

店員：じゃあ、これなんかどうですか？
てんいん

　　　いろいろ、合わせやすいですよ。
　　　　　　あ

エリン：着てもいいですか？
　　　き

店員：はい。
てんいん

　　　どうぞ、こちらへ。

　　　どうぞ、こちらをご利用ください。
　　　　　　　　　　　りよう

めぐみ：エリン、どう？

エリン：はい…。

めぐみ：かわいい！

さき、エリン：あー！

　　さき：いっしょ！

CAN-DO 表現
ひょうげん

きょかをもらう

☆ CAN-DO のための大切な表現☆
たいせつ ひょうげん

着てもいいですか。
き

☆"きょかをもらう"言い方です。
い かた

《動詞の【て形】》に「もいいですか」をつけます。
どうし けい

【て形】の作り方はp.21を見てください。
けい つく かた み

例1）電話をかけてもいいですか。
れい でんわ

例2）テレビゲームをしてもいいですか。
れい

☆いろいろな答え方があります。
こた かた

いい
もちろん！
はい、いいですよ。
どうぞ。

だめ
いいえ、いけません。
（すみません、）だめなんですよ。
（そうですね…。）ちょっと…。

練習 1.
れんしゅう

例のように言ってください。
れい い

例：（教室で食べます）
れい きょうしつ た

　→教室で食べてもいいですか。
きょうしつ た

1．（家に電話をかけます）
いえ でんわ

　→

2．（トイレに行きます）

　→ _____

3．（校庭で自転車に乗ります）
　　こうてい　じてんしゃ　の

　→ _____

4．（電子辞書を使います）
　　でんし じしょ　つか

　→ _____

5．（教室でまんがを読みます）
　　きょうしつ　　　　　よ

　→ _____

6．（図書館で勉強します）
　　と しょかん　べんきょう

　→ _____

7．（学校にバイクで来ます）
　　がっこう　　　　　き

　→ _____

8．（学校に携帯電話を持って来ます）
　　がっこう　けいたいでんわ　も　　き

　→ _____

練習 2.
れんしゅう

あなたは、友だちの家にいます。
　　　　　とも　　いえ

下の絵を見て、例のように友だちに聞いてください。
した　え　み　　れい　　　　　とも　　　　き

例： テレビを見てもいいですか。
れい　　　　み

いろいろな使い方
つか かた

❶ オフィスで

後輩：すみません。
こうはい

先輩：何？
せんぱい なに

後輩：ちょっと電卓借りてもいいですか？
こうはい てんたく か

先輩：いいよ。
せんぱい

後輩：ありがとうございます。
こうはい

❷ 試食コーナーで
ししょく

店員：はい、マダイですよ、マダイですよ。
てんいん

いらっしゃいませ。

どうぞ。ご利用になってくださいよ。
りよう

さ、いらっしゃいませ。

子ども：食べてもいいですか？
こ た

店員：はい、どうぞ、食べてみてください。
てんいん た

お母さん：どう？
かあ

子ども：おいしい。
こ

❸ レストランで

男の人：はい、誕生日おめでとう。
おとこ ひと たんじょう び

女の人：ありがとう！
おんな ひと

開けてもいい？
あ

男の人：どうぞ。
おとこ ひと

女の人：あ、かわいい。
おんな ひと

ありがとう。

かわいいね。

❹ 家で
いえ

夫：あのさあ、ここで、一本、すってもいい？
おっと いっぽん

妻：だーめ！　あっち！
つま

応用スキット
おうよう

めぐみ：ちょっとあっち見てもいい？
　　　　　　　　　み

さき：男物？
　　　おとこもの

めぐみ：うん。

さき：ひょっとしてプレゼント？

めぐみ：まあ、そんなとこ。

さき：えー、だれに、だれに？

めぐみ：…折原君。
　　　　　おりはらくん

さき：えー！　なに、つきあってんの？

めぐみ：ちがう、ちがう。

この前、ライブも呼んでくれたし、
　　　まえ　　　　　よ
その後の打ち上げにもつれてってくれたから、
　　　あと　う　あ
そのお礼。
　　　　れい

さき：へえー。

　　　折原君、めぐみのこと、好きなんじゃない？
　　　おりはらくん　　　　　　　　す

めぐみ：そんなことないって。

　　　ほかの女の子も来てたし。
　　　　　おんな　こ　き

さき：そうかなあ。

　　　ライブに呼ぶのはともかく、
　　　　　　よ

　　　普通、打ち上げまでつれてく？
　　　ふつう　う　あ

めぐみ：うん…。

　　　ねえ、あっちも…。

さき：見てもいいよ！
　　　み

　　　めぐみ、応援してるからね。
　　　　　　おうえん

めぐみ：だからそういうのじゃないって！

《ことばをふやそう！》

〈デパートの中(なか)〉

①屋上(おくじょう)
②化粧室(けしょうしつ)
③エレベーター
④エスカレーター
⑤案内所(あんないじょ)
⑥地下(ちか)

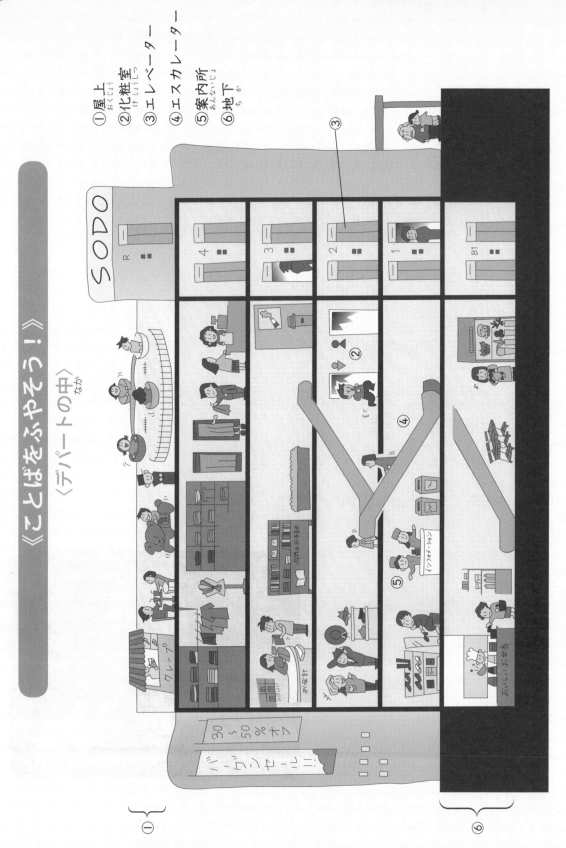

《制服とふだん着》
せいふく

ぼうし

ブラウス

カーディガン

ワンピース

スカート

リボン

くつ下
した

学ラン
がく

上着
うわぎ

ワイシャツ

くつ

ネクタイ

Tシャツ

ズボン

これは何？
なに

ファッション店でおもしろいものを見つけました。
てん　　　　　　　　　　　　　　　　　　　み

何でしょうか？
なん

店の中の試着室です。
みせ　なか　しちゃくしつ

うすいぬのです。
頭にかぶります。
あたま

フェイスカバー！

試着のとき、
しちゃく
店の服がよごれません。
みせ　ふく

「ネイルアート」

ナレーション：今、日本の若い女性にネイルアートが人気です。
　　　　　　　いま　にほん　わか　じょせい　　　　　　　　　　にんき

　　　　　　　今日の先生はネイリストの井口美乃さん。
　　　　　　　きょう　せんせい　　　　　　　　　いぐちみの

　　　　　　　ネイルアートを教えてもらいます。
　　　　　　　　　　　　　　　おし

　　先生：がんばってやってみましょう。
　　せんせい

　　　　　はい。

　みんな：がんばります。

　　先生：がんばります。
　　せんせい

ナレーション：まず、ネイルシールをはりましょう。

　　　　　　　シールのしゅるいはたくさんあります。

　　　　　　　ピンセットでつめにシールをはります。

先生：そう。うん。

女の人1：ど…こ？

先生：そこね。はい。

こういう感じとか。

ナレーション：自分の好きなところにはりましょう。

先生：うん、かわいい。

こっちつけて。そうそう。

大丈夫、ぎりぎり。

いいと思います。

かわいいです。

きれい。

ナレーション：つぎにラインストーンをのせましょう。

ストーンの色やしゅるいもたくさんあります。

トップコートをぬって、ラインストーンをのせます。

先生：スプーンにもなる。

みんな：スプーンね。

先生：はい。

女の人1：ああ…。

先生：がんばれ。

ナレーション：ネイルシールとラインストーンを組み合わせて
くあ

かざりましょう。

先生：はい。
せんせい

あと１か所ぐらいのせ|ら|れるよ。
しょ

上手！　キラキラしてますね。
じょうず

ナレーション：みなさん、かんせいしました。

女の人２：本当に楽しかったです。
おんな ひと ほんとう たの

女の人１：これ一番好き。
おんな ひと いちばん す

女の人３：ピンクのハート、ストーンのハートがポイントです。
おんな ひと

先生：じゃあまたおうちでも、チャレンジしてみてください。
せんせい

女の人２：そうですね。
おんな ひと

見てみよう
み

「原宿」
はらじゅく

ホニゴン：今日は、日本の若者に人気の町、原宿を見てみよう。
　　　　　きょう　　にほん　わかもの　にんき　まち　はらじゅく　み

エリン：はい。

ホニゴン：ここは竹下通り。
　　　　　　　たけしたどお

　　　　　原宿駅からすぐです。
　　　　　はらじゅくえき

エリン：わあ、すごい人。
　　　　　　　　　ひと

ホニゴン：休日にはたくさんの若い人たちが買い物に来ます。
　　　　　きゅうじつ　　　　　　わか　ひと　　　　か　もの　き

　　　　　アクセサリーや洋服などのお店がたくさんあります。
　　　　　　　　　　　ようふく　　　みせ

エリン：安いですねえ。
　　　　やす

　　　　かわいい！

ホニゴン：そうだねえ。

　　　　　原宿には、安くてかわいいお店が多いんだよ。
　　　　　はらじゅく　やす　　　　　　みせ　おお

エリン：へえー、いいですね。

ホニゴン：そして、原宿で有名な食べ物は？
　　　　　　　　はらじゅく　ゆうめい　た　もの

　エリン：んー？　何だろう？
　　　　　　　　　　　なん

ホニゴン：クレープ！

　　　　　とても人気があるんだよ。
　　　　　　　　にんき

ホニゴン：この女の子たちは、自分のファッションを見せるために
　　　　　　　おんな　こ　　　　　じぶん　　　　　　　　み

　　　　　集まっているよ。
　　　　　あつ

　　　　　みんなのおしゃれのポイントを聞いてみよう。
　　　　　　　　　　　　　　　　　き

女の子1：**今日のおしゃれのポイントは「がいこつ」です。**
おんな　こ　　**きょう**

　エリン：ほんとだ。

ホニゴン：こちらの女の子はコスプレかな？
　　　　　　　　　おんな　こ

女の子2：**映画の『シザー・ハンズ』のはさみをまねして、**
おんな　こ　**えいが**

　　　　　ふつうのはさみを分解して、つけました。
　　　　　　　　　　　　　ぶんかい

　エリン：ほかにも、いろいろなファッションの人たちが
　　　　　　　　　　　　　　　　　　　　　ひと

　　　　　いっぱいいますね。

ホニゴン：原宿では、みんな自分のファッションを
　　　　　　はらじゅく　　　　じぶん

　　　　　楽しんでいるんだねえ。
　　　　　たの

　エリン：私も行ってみます。
　　　　　わたし　い

世界に広がる日本語
せかい　ひろ　　　にほん　ご

「ケニア／日本語を使って働いている人」
にほん　ご　つか　　はたら　　　　ひと

ナレーション：ここはケニアです。

この国の観光客に一番人気があるのは、サファリツアー。
くに　かんこうきゃく　いちばんにんき

アフリカの大自然の中で、
だい し ぜん　なか

いろいろな野生の動物に出会えます。
や せい　どうぶつ　て あ

ナレーション：こちらは日本語のガイド、スティーブさん。
にほん　ご

ガイドれき 14 年のベテランです。
ねん

スティーブ：アウー、アウーというなき声、聞こえるじゃない。
ごえ　き

それはハイエナです。

それとハイエナもときどきわらいますよ。

ナレーション：ナイロビ市内のスティーブさんの会社。
し ない　　　　　　　　　　　　かいしゃ

日本人のスタッフもいっしょに働いています。
にほんじん　　　　　　　　　　　　はたら

会社の人：あの、赤道の、あの、証明書っていくらですか？
かいしゃ　ひと　　　　せきどう　　　　　　しょうめいしょ

スティーブ：赤道の証明書は、300 シリングぐらい だ と思います。
せきどう　しょうめいしょ　　　　　　　　　　　　　　　　おも

会社の人：１人？
かいしゃ　ひと　　ひとり

スティーブ：はい。１人。
ひとり

ナレーション：サファリでは、早朝と夕方の約２時間が、
そうちょう　ゆうがた　やく　じかん

動物たちを見る一番よい時間です。
どうぶつ　　み　いちばん　　じかん

スティーブさんの仕事も、日の出前から始まります。
しごと　　ひ　て まえ　　　はじ

　　　　　大きなゾウを発見しました。

スティーブ：ゾウさん、キリマンジャロの方、 むいて ください。

　　　　　聞いてるのかな？

　　　　　みんな、なんか、キリンは立ってれると思うんだけど、足が

　　　　　全部こういうふうになって、首もこういうふうにして、

　　　　　すわってれます。

ナレーション：スティーブさんは旅行会社に勤めていた親戚のえいきょうで

　　　　　日本語の勉強を始めました。

　　　　　カセットテープと日本語のテキストを使って、

　　　　　自分1人で日本語を勉強しました。

　　　　　スティーブさんは、日本人のお客さんといっしょにすごす

　　　　　時間を大切にしています。

　　　　　帰国したお客さんから、感謝の手紙をもらうこともあります。

スティーブ：なんか、サファリ、1週間ぐらい（に）行って、

　　　　　日本（で） に 帰って、そ（れ） の あと手紙か、

　　　　　そういう（の）お返事（が） を もらうと…。

　　　　　私もすごい楽しみにし てい ます。

ナレーション：そんなスティーブさんに、大好きな日本語を

　　　　　教えてもらいました。

スティーブ：好きなことばは、「心」です。

　　　　　なんか、日本人はやさしくて、心から人と接するからです。

☆ CAN-DO のための大切な表現 ☆練習の答え
たいせつ　ひょうげん　れんしゅう　こた

📖 練習 *1.*
れんしゅう

1. 家に電話をかけてもいいですか。
   いえ　てんわ

2. トイレに行ってもいいですか。
   い

3. 校庭で自転車に乗ってもいいですか。
   こうてい　じてんしゃ　の

4. 電子辞書を使ってもいいですか。
   でんしじしょ　つか

5. 教室でまんがを読んでもいいですか。
   きょうしつ　よ

6. 図書館で勉強してもいいですか。
   としょかん　べんきょう

7. 学校にバイクで来てもいいですか。
   がっこう　き

8. 学校に携帯電話を持って来てもいいですか。
   がっこう　けいたいでんわ　も　き

📖 練習 *2.*
れんしゅう

(例)
れい

・まどを開けてもいいですか。
　あ

・雑誌を見てもいいですか。
　ざっし　み

・お菓子を食べてもいいですか。
　かし　た

・パソコンを使ってもいいですか。
　つか

・電気をつけてもいいですか。
　でんき

・本を読んでもいいですか。
　ほん　よ

・ごみをすててもいいですか。

・いすにすわってもいいですか。

第11課
だい　　　　　か

じゅんばんを言う
い

― 温泉 ―
おんせん

≪ことばをふやそう！≫「温泉旅館」「動詞⑶・一日の行動」
　　　　　　　　　　　　おんせんりょかん　どうし　いちにち　こうどう

≪これは何？≫
なに

≪やってみよう≫「ゆかたを着る」
き

≪見てみよう≫「温泉旅館」
み　　　　　　おんせんりょかん

≪世界に広がる日本語≫「ケニア／日本語を勉強している専門学校生」
せかい　ひろ　にほんご　　　　にほんご　べんきょう　せんもんがっこうせい

基本スキット

まんが

おー、
いい雰囲気だな。

ほんと。

エリン、
ごはんの前に、
温泉、
入っちゃおうか。

温泉に入ってから
ごはんですか？

そ。

温泉に入ってから
ごはんを食べて、

また温泉に
入ってから、
ねるの。

2回も
入るんですか。

あしたの朝も
入るんだろ。

もちろん。

えー！
朝もですか？

それが
温泉って
ものよ。

さ、ゆかたに
着がえて
行きましょ。

気持ちいい。

どう、エリン？
露天風呂は？

はい。
とても気持ち
いいです。

61

基本スキット

おさらい

父：おー、いい雰囲気だな。

母：ほんと。

母：エリン、ごはんの前に、温泉、入っちゃおうか。

エリン：温泉に入ってからごはんですか？

母：そ。

温泉に入ってからごはんを食べて、

また温泉に入ってから、ねるの。

エリン：2回も入るんですか。

父：あしたの朝も入るんだろ。

母：もちろん。

エリン：えー！　朝もですか？

母：それが温泉ってものよ。

さ、ゆかたに着がえて行きましょ。

母：気持ちいい。

どう、エリン？　露天風呂は？

エリン：はい。とても気持ちいいです。

CAN-DO 表現

じゅんばんを言う

☆ CAN–DO のための大切な表現☆

温泉に入ってからごはんを食べます。

☆ " じゅんばんを言う " 言い方です。

《動詞の【て形】》に「から」をつけて、つなげます。

【て形】の作り方は p.21 を見てください。

例 1 ）勉強してからテレビを見ます。（①勉強します⇒②テレビを見ます）

例 2 ）テレビを見てから勉強します。（①テレビを見ます⇒②勉強します）

☆ " きのうや先週など、過去の話では、最後だけ、「～ました」にします。

例 1 ）（昨日、）宿題をしてからお風呂に入りました。

(①宿題をします⇒②お風呂に入ります)

例 2 ）（先週の日曜日、）映画を見てから買い物をしました。

(①映画を見ます⇒② 買い物をします)

練習 1.

例のように言ってください。

例：①お茶を飲みます⇒②映画館に行きます

→お茶を飲んでから映画館に行きます。

1. ①顔を洗います⇒②朝ごはんを食べます

→

2. ①新聞を読みます⇒②出かけます

→

63

3. １歯をみがきます⇒２ねます

→ _____

4. １ごはんを食べます⇒２薬を飲んでください

→ _____

5. １お金を入れます⇒２ボタンを押してください

→ _____

6. １名前を書きます⇒２出してください

→ _____

練習 2.

日記を読んで、例のように言ってください。

今日は、６時に起きました。例：犬と散歩をしてから、朝ごはんを
（犬と散歩をします）

食べました。１._____、学校に行きました。
（シャワーをあびます）

2._____、部活に出ました。私は、テニス部です。
（授業が終わります）

3._____、練習をしました。７時ごろ、
（学校のまわりを走ります）

うちに帰りました。4._____、英語の宿題を
（ごはんを食べます）

しました。5._____、読む練習をしました。
（単語の意味をしらべます）

そして、6._____、テレビを見ました。
（友だちとメールをします）

7._____、お風呂に入りました。
（大好きな CD を聞きます）

１１時半ごろ、ねました。

いろいろな使い方
つか　かた

❶ 映画館の前で
えいがかん　まえ

女の人：お待たせ。
おんな ひと　ま

待った？
ま

男の人：ぜんぜん。
おとこ ひと

どうする？

まだ時間あるけど、お茶してから入る？
じかん　　　　ちゃ　　　はい

女の人：うん。私、コーヒー飲みたい。
おんな ひと　わたし　　　の

男の人：じゃ、行こうか。
おとこ ひと　い

❷ 家で
いえ

お母さん：ゆり、もうねる時間よ。
かあ　　　　　　じかん

子ども：はーい。
こ

お母さん：ちゃんと歯をみがいてからねるのよ。
かあ　　　　は

子ども：はーい。
こ

❸ 鍋料理店で
なべりょうりてん

店の人：失礼いたします。
みせ ひと　しつれい

こちら、先にお野菜を入れてからお
さき　やさい　い

肉をお入れください。
にく　　い

で、お好みで、ごまだれかポンずをつけて、
この

おめしあがりくださいませ。

客：はい。
きゃく

店の人：失礼いたします。
みせ ひと　しつれい

応用スキット
おうよう

父：お、たっきゅうがあるなあ。
ちち

　　エリン、たっきゅう、やったことある？

エリン：はい。

父：よし、じゃあ、ちょっと勝負しよう。
ちち　　　　　　　　　　　　　　　しょうぶ

母：今、やるの？
はは　いま

　　おふろに入ってからやったら？
　　　　　　はい

父：それだと、また、あせ、かくだろ。
ちち

　　あせをかいてから、温泉だー。
　　　　　　　　　　　おんせん

母：もう…、言い出すときかないのよねえ。
はは　　　　いだ

　　悪いけど、エリン、ちょっとだけ相手してあげて。
　　わる　　　　　　　　　　　　　　あいて

エリン：はい。

エリン：…。

　母：エリンの勝ち！
はは　　　　か

　父：よし、風呂に入るか！
ちち　　　ふろ　はい

　母：もう、ほんと、勝手！
はは　　　　　　　かって

　　　エリン、行きましょ。
い

エリン：はい。

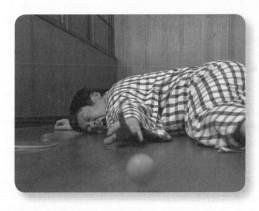

《ことばをふやそう！》

〈温泉旅館〉
おんせんりょかん

①客室（旅館のへや）
きゃくしつ　りょかん

②大浴場
だいよくじょう

③露天風呂
ろてんぶろ

うちわ

はおり

ゆかた

スリッパ

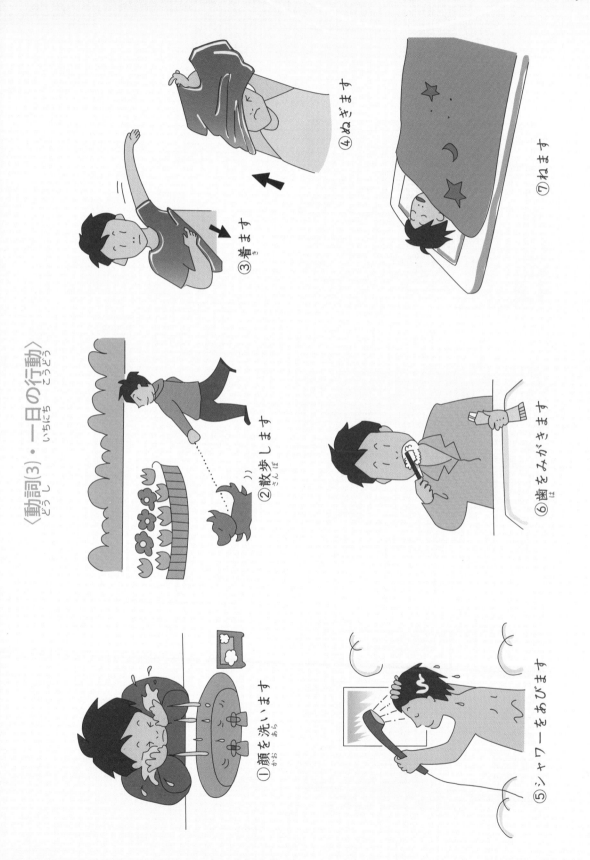

〈動詞(3)・一日の行動〉
どうし　　　いちにち　こうどう

①顔を洗います
　かお　あら

②散歩します
　さんぽ

③着ます
　き

④ぬぎます

⑤シャワーをあびます

⑥歯をみがきます
　は

⑦ねます

これは何？
なに

旅館のへやでおもしろいものを見つけました。
りょかん　　　　　　　　　　　　　み

何でしょうか？
なん

へやのすみにあります。

金属のぼうが
きんぞく
ならんでいます。

タオルかけ！

ぬれたタオルをかけて、
ほします。

やってみよう

「ゆかたを着る」
き

ナレーション：ゆかたは夏の着物です。
　　　　　　　　　　なつ　きもの

　　　　　　　花火やお祭りなどに着て行きます。
　　　　　　　はなび　　まつ　　　　　　き　い

　　　　　　　今日は、ゆかたを着てみましょう。
　　　　　　　きょう　　　　　　　き

　　　　　　　先生は、笹島寿美さんです。
　　　　　　　せんせい　ささじますみ

　　　先生：よろしくおねがいします。
　　　せんせい

ナレーション：用意するものは、ゆかた、
　　　　　　　ようい

　　　　　　　そして、おびやひもなどです。

　　　　　　　それでは、お手本です。
　　　　　　　　　　　　　てほん

　　　先生：前に手をピンとのばしたところでえりを持つの。
　　　せんせい　まえ　て　　　　　　　　　　　　　　　　も

ナレーション：右のえりを持って左のこしに合わせます。
　　　　　　　みぎ　　　　も　ひだり　　　　あ

　　　　　　　上から左側を合わせます。
　　　　　　　うえ　ひだりがわ　あ

　　　　　　　女の人も男の人も同じです。
　　　　　　　おんな　ひと　おとこ　ひと　おな

ナレーション：つぎに、こしのひもをむすびます。

　　　　　　　そして、むねのひもをむすびます。

　　　　　　　それから、おびをしめます。

ナレーション：おびは体の前でしめて、あとで、後ろに回します。

　　　　　　　最後におびいたを入れます。

　　　　　　　かんせいです。

　　　先生：これで、ゆかたはできあがりってなるんです。

　　　　　　　やってみましょうか？　ね。

　　　みんな：はい。

ナレーション：それでは、着てみよう！

先生：右側の着物を下に入れて、左側の着物を合わせます。
せんせい　みぎがわ　きもの　した　い　　ひだりがわ　きもの　あ

いったん後ろでくるっと回して。
うし　　　　　　まわ

後ろのこしのとこでしめて。
うし

ここのしわをのばしてあげてください。

はい、それでそれをずっとしめてください。

広げてく…。
ひろ

女の人１：こういうあまったやつは何でしょう？
おんな　ひと　　　　　　　　　　　なん

先生：うん、あまったのも、おリボンのかたちになるから、
せんせい

おびは。

女の人１：どういうふうに？
おんな　ひと

先生：んー、どう、そうねえ、こうたらしても、
せんせい

こうやってもきれいでしょ。

ほら、かがみ、見てみて。
み

ね！

先生：どうですか？
せんせい

女の人１：すごいすずしくて気持ちいい。
おんな　ひと　　　　　　　　　きも

これでお祭り行ける、これから。
まつ　い

女の人２：できあがって、すごくうれしいです。
おんな　ひと

ナレーション：おびもきれいにむすべました。

とても似合いますね。
に　あ

みなさんも、ぜひ、ゆかたを着てみましょう。
き

見てみよう
み

「温泉旅館」
おんせんりょかん

ホニゴン：今日は、温泉旅館を見てみよう。
きょう　おんせんりょかん　み

旅館の人：いらっしゃいませ。
りょかん　ひと

どうぞご案内をさせていただきます。
あんない

エリン：ていねいなあいさつですね。

ホニゴン：今日のへやは和室だよ。
きょう　　　わしつ

へやに着いたら、旅館の人がお茶をいれてくれるんだ。
つ　　　りょかん　ひと　ちゃ

エリン：お菓子もありますね。
かし

旅館の人：ごゆっくりおくつろぎくださいませ。
りょかん　ひと

しつれいいたします。

ホニゴン：ここはお風呂だよ。
ふろ

エリン：わあ、ひろーい。

露天風呂もありますね。
ろてんぶろ

ホニゴン：お風呂のあとは、
　　　　　　　ふ ろ

　　　　　　ゆかたを着て町を散歩しよう。
　　　　　　　　　　き まち　さん ぽ

エリン：たまご？

ホニゴン：温泉でゆでたたまごだよ。
　　　　　　おんせん

エリン：おー！

ホニゴン：さあ、夕食だ！
　　　　　　　　ゆうしょく

エリン：うわあ！　たくさんあるー。

ホニゴン：うーん、おいしそうだねえ。

ホニゴン：夜は、ふとんでねるんだ。
　　　　　　よる

　　　　　　旅館の人がしいてくれるよ。
　　　　　　りょかん　ひと

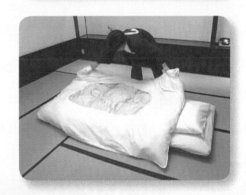

旅館の人：はい、お待たせいたしました。
りょかん　ひと　　　　　　　ま

　　　　　　では、ごゆっくりどうぞ。

エリン：おやすみなさーい！

世界に広がる日本語
せかい　ひろ　　　にほん　ご

「ケニア／日本語を勉強している専門学校生」
にほん　ご　　べんきょう　　　　　　　　せんもんがっこうせい

ナレーション：ここはケニアです。

ケニアには、世界中からたくさんの観光客が来ます。
せかいじゅう　　　　　　　　　かんこうきゃく　き

日本からの観光客も1年間に1万人ぐらい来ます。
にほん　　　かんこうきゃく　ねんかん　まんにん　　　　　き

ナレーション：ナイロビ郊外に観光の専門学校があります。
こうがい　かんこう　せんもんがっこう

ツアーガイドやホテルマネージメントなど、

9つのコースがあります。
ここの

学校の中には、ホテルもあります。
がっこう　なか

ここでは、働きながら仕事を学びます。
はたら　　　しごと　まな

そして外国語も勉強します。
がいこくご　べんきょう

現在、500人の学生のうち、
げんざい　　　にん　がくせい

100人が日本語を勉強しています。
にん　にほんご　べんきょう

学生1：あちらはマサイ族の村です。
がくせい　　　　　　　　　　ぞく　むら

学生2：あ、そう。
がくせい

学生1：…好きです。
がくせい　　す

学生3：写真をとってもいいですか？
がくせい　しゃしん

学生1：写真もとってもいいです。
がくせい　しゃしん

学生3：ありがとう。
がくせい

ナレーション：日本語のコースでは、はしの使い方を練習したり、
　　　　　　　にほんご　　　　　　　　　　つか　かた　れんしゅう

日本茶の味を体験したり、ことばと文化をいっしょに
にほんちゃ　あじ　たいけん　　　　　　　　　ぶんか

勉強します。
べんきょう

先生：あの、ことばと文化はいっしょです。
せんせい　　　　　　　　　ぶんか

だから、あの、ことばを教えたら、あの、文化もとても
　　　　　　　　　　　　　おし　　　　　　　　ぶんか

必要です。
ひつよう

ナレーション：学生は、毎年、自分たちでケニアのガイドブックを
　　　　　　　がくせい　まいとし　じぶん

作ります。
つく

こちらの学生たちは、ガイドブックで、ケニアの
　　　　　がくせい

おみやげを紹介することにしました。
　　　　　しょうかい

店の人から人気のおみやげを教えてもらいます。
みせ　ひと　　にんき　　　　　　　　　おし

学校にもどって、さっそく、おみやげの絵をかきます。
がっこう　　　　　　　　　　　　　　　え

そして、日本語で説明をつけます。
　　　　にほん ご　せつめい

学生2："カ"はこう。
がくせい

学生1：カタカナの"カ"？
がくせい

学生たち：やったー！
がくせい

ナレーション：おみやげの紹介ができあがりました。
　　　　　　　　　　　しょうかい

　　学生：マサイ族はケニアで一番有名です。
　　がくせい　　ぞく　　　　　　　　　いちばんゆうめい

　　　　　マサイ族は赤い（の）服（に）　を 着ます。
　　　　　　ぞく　あか　　　　　ふく　　　　き

ナレーション：これから１年間、ケニアのガイドブックを作っていきます。
　　　　　　　　　　　　ねんかん　　　　　　　　　　　　　　　つく

　　　　　ケニアの魅力をたくさんの人につたえたいという３人に、
　　　　　　　　　　みりょく　　　　　　　　ひと　　　　　　　　　　にん

　　　　　好きな日本語を教えてもらいました。
　　　　　す　　にほんご　おし

　　学生たち：私たちの好きなことばは「とうもろこし」です。
　　がくせい　　わたし　　す

　　学生２：ケニアの主食はウガリです。
　　がくせい　　　　しゅしょく

　　　　　トウモロコシからできています。

ナレーション：これがウガリです。

　　　　　肉や野菜といっしょに食べます。
　　　　　にく　やさい　　　　　　　た

　　学生１：どう？
　　がくせい

　　学生２：うん、おいしいね。
　　がくせい

　　学生１：ウガリと野菜はおいしい。
　　がくせい　　　　やさい

　　学生２：うん、おいしい。
　　がくせい

　　学生１：うん。
　　がくせい

☆ CAN-DO のための大切な表現 ☆ 練習の答え

練習 1.

1. 顔を洗ってから朝ごはんを食べます。

2. 新聞を読んでから出かけます。

3. 歯をみがいてからねます。

4. ごはんを食べてから薬を飲んでください。

5. お金を入れてからボタンを押してください。

6. 名前を書いてから出してください。

練習 2.

1. シャワーをあびてから

2. 授業が終わってから

3. 学校のまわりを走ってから

4. ごはんを食べてから

5. 単語の意味をしらべてから

6. 友だちとメールをしてから

7. 大好きな CD を聞いてから

第12課
だい　　　か

友だちと話す
とも　　　　はな

― 部活 ―
ぶ　かつ

≪ことばをふやそう！≫「いろいろな部活（運動部）（文化部）」
ぶかつ　うんどうぶ　ぶんかぶ

≪これは何？≫
なに

≪やってみよう≫「応援団」
おうえんだん

≪見てみよう≫「部活」
み　　　　　　ぶかつ

≪世界に広がる日本語≫「タイ／日本語を勉強している高校生」
せかい　ひろ　　にほんご　　　　　　にほんご　べんきょう　　　　　こうこうせい

基本スキット
きほん
まんが

エリン！

どうしたの？

あの…　部活、見ても
ぶかつ　み
いいですか？

うん、
いいけど…、

エリン、
私には
わたし
「見てもいい？」
み
で、いいよ。

見てもいい？
み

うん。

咲！

あ、先輩！

見学の人？

はい。

中で見たら？

びくっ

見てもいい？

エリン！
だめよ。

先輩には、
「見ても
　いいですか」。

見てもいいですか？

どうぞ。

うーん。
むずかしいですね。

だから…
私には
ていねいじゃ
なくていいって！

基本スキット
きほん

おさらい

さき：エリン！

さき：どうしたの？

エリン：あの…部活、見てもいいですか？
　　　　　ぶかつ　み

さき：うん、いいけど…、

　　　エリン、私には「見てもいい？」で、いいよ。
　　　　　　　　わたし　　　　み

エリン：見てもいい？
　　　　み

さき：うん。

先輩：咲！
せんぱい　さき

さき：あ、先輩！
　　　　　せんぱい

先輩：見学の人？
せんぱい　けんがく　ひと

エリン：はい。

先輩：中で見たら？
せんぱい　なか　み

エリン：見てもいい？
　　　　み

さき：エリン！　だめよ。先輩には、「見てもいいですか」。
　　　　　　　　　　　　　　せんぱい　　　　　　　み

エリン：見てもいいですか？
　　　　み

先輩：どうぞ。
せんぱい

エリン：うーん。むずかしいですね。

さき：だから…私にはていねいじゃなくていいって！
　　　　　　　わたし

CAN-DO 表現
ひょうげん

友だちと話す
とも　　　　　はな

☆ CAN–DO のための大切な表現☆
たいせつ　　ひょうげん

（先輩や先生に）　見てもいいですか？
せんぱい　せんせい　　　　み

（友だちに）　　　　見てもいい？
とも　　　　　　　　　　　み

☆ "友だちと話す"言い方では、「です」を言いません。
とも　　　　はな　　い　かた　　　　　　　　　　　い

聞くときは、「か」も言いません。
き　　　　　　　　　　　　　　い

例１）借りてもいいですか？　→借りてもいい？
れい　か　　　　　　　　　　　　か

例２）これはだれの本ですか？　→これはだれの本？
れい　　　　　　　ほん　　　　　　　　　　　　　　　ほん

☆《動詞》は【ふつう体】を使います。
どうし　　　　　　たい　　つか

《動詞》の活用には、３つのグループがあります。
どうし　　かつよう　　　　みっ

それぞれのグループの【ふつう体】は、下のように作ります。
たい　　　した　　　　つく

	ていねい体（＝ます形） たい　　　けい		ふつう体 たい	ふつう体（否定形） たい　ひ ていけい
Ⅰ	いいます	i-imasu	いう	いわない
	いきます	ik-imasu	いく	いかない
	はなします	hanash-imasu	はなす	はなさない
	まちます	mach-imasu	まつ	またない
	のみます	nom-imasu	のむ	のまない
	とります	tor-imasu	とる	とらない
Ⅱ	みます	mi-masu	みる	みない
	たべます	tabe-masu	たべる	たべない
Ⅲ	き（来）ます	kimasu	くる	こない
	します	shimasu	する	しない

☆ときどき、「を」や「へ」などの【助詞】も言いません。
　　　　　　　　　　　　　　　じょし　い

　　例１）私も行きます。　→私も行く。
　　れい　わたし　い　　　　　　わたし　い

　　例２）ハンバーガーを食べますか？　はい、食べます。
　　れい　　　　　　　　た　　　　　　　　た

　　　　→ハンバーガー（を）食べる？　うん、食べる。
　　　　　　　　　　　　　　た　　　　　　　　　た

練習
れんしゅう

友だちと話すことばで言ってください。
とも　　はな　　　　　　い

１．今、何時ですか？
　　いま　なんじ

　→

　　４時です。
　　　じ

　→

２．その本、おもしろいですか？
　　　ほん

　→

３．土曜日、ひまですか？
　　どようび

　→

４．けしゴムを借りてもいいですか？
　　　　　　か

　→

５．写真を見せてください。
　　しゃしん　み

　→

６．アイスクリームを食べますか？
　　　　　　　　　　た

　→

７．もう少し待ちますか？
　　　すこ　ま

　→

８．パーティーに行きますか？
　　　　　　　い

　→

　　いいえ、行きません。
　　　　　い

　→

９．図書館で勉強しますか？
　　としょかん　べんきょう

　→

　　はい、します。

　→

いろいろな使い方
つか　かた

❶ 記念写真で
き ねんしゃしん

女の人1：いくよー。はい、チーズ。
おんな ひと

　　　　　え、今度、わたしとって。
　　　　　　こんど

女の人2：いいよ。え、たてがいい？
おんな ひと

女の人1：うん。たてで。
おんな ひと

女の人2：はい、チーズ。今度、2人でとってもらおうよ。
おんな ひと　　　　　　　こんど　ふたり

女の人1：うん。
おんな ひと

女の人2：すみません。写真とってください。ありがとうございます。
おんな ひと　　　　　　　しゃしん

❷ カラオケ店で
てん

店員：いらっしゃいませ。
てんいん

客1：すいません。かなり待ちますか？
きゃく　　　　　　　　　ま

店員：いえ。10分ぐらいでご案内できます。
てんいん　　ぶん　　　　あんない

客2：かなり待つ？
きゃく　　　ま

客1：ううん。10分ぐらいだって。
きゃく　　　　ぶん

店員：2名様ですね。ご案内いたします。
てんいん　めいさま　　　あんない

12 友だちと話す
とも   はな

❸ 携帯電話で
けいたいでん わ

女の人：もしもし、あ、ひさしぶり。
おんな ひと

うん。元気？
げん き

今何してるの？
いまなに

うん。うん。

ちょっと待って。キャッチ、入ったみたい。
ま   はい

先生。
せんせい

おひさしぶりです。

お元気ですか？
げん き

はい。

元気です。
げん き

はい。

ありがとうございます。

応用スキット
おうよう

けんた：あー、つかれた。水、ない？　水。
　　　　　　　　　みず　　　　　　　みず

同級生：はい。
どうきゅうせい

けんた：はあ。1年はがんばるなあ。
　　　　　　　ねん

　　　　すぶりなんて、てきとうに

　　　　やっとけばいいのに…。

先輩：林！
せんぱい　はやし

けんた：あ、先輩。
　　　　　　せんぱい

先輩：林、さぼってるなら、
せんぱい　はやし

　　　あそこの1年にちゃんと教えてこいよ。
　　　　　　　　ねん　　　　　　おし

けんた：はい！

先輩：テニスの基本はすぶりだからな。
せんぱい　　　　きほん

けんた：はい、わかりました。

　　　　基本はすぶりですよね？
　　　　きほん

けんた：おい、お前ら、テニスの
　　　　　　　まえ

　　　　基本はすぶりだ。
　　　　きほん

　　　　いくぞ。はい、いち！　はい、に！

　　　　はい、さん！　はい、し！　はい、ご！

　　　　はい、ろく！　はい、しち！　はち！　……。

《ことばをふやそう！》

〈いろいろな部活（運動部）〉

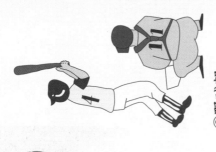

③野球部
やきゅうぶ

⑥サッカー部
ぶ

②バスケット部
ぶ

⑤テニス部
ぶ

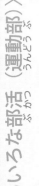

①バレーボール部
ぶ

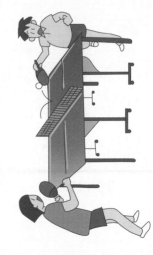

④卓球部
たっきゅうぶ

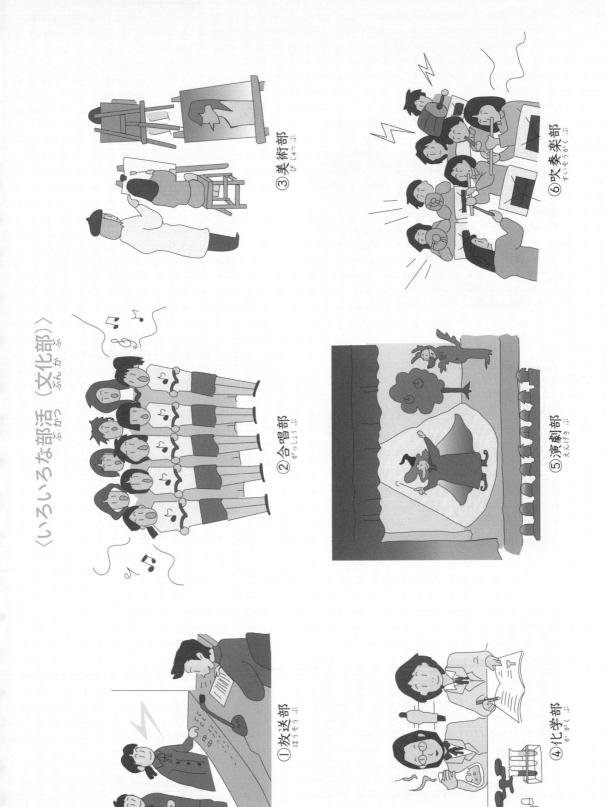

〈いろいろな部活（文化部）〉
　　　　　　　　　ぶ かつ　　 ぶん か ぶ

①放送部
　ほうそう ぶ

②合唱部
　がっしょう ぶ

③美術部
　び じゅつ ぶ

④化学部
　か がく ぶ

⑤演劇部
　えんげき ぶ

⑥吹奏楽部
　すいそうがく ぶ

これは何？
なに

応援団でおもしろいものを見つけました。
おうえんだん　　　　　　　　　　　　み

何でしょうか？
なん

とても大切なものです。
　　　　たいせつ

手袋をして、さわります。
てぶくろ

団旗！
だんき

とても大きな旗です。
　　　　おお　　　はた

やってみよう

「応援団」
おうえんだん

ナレーション：多くの高校に応援団があります。
　　　　　　　おお　　こうこう　おうえんだん

　　　　　　　スポーツの試合でお客さんといっしょに選手を
　　　　　　　　　　　し あい　きゃく　　　　　　　　せんしゅ

　　　　　　　応援します。
　　　　　　　おうえん

　　　　　　　今日は、応援団の練習をやってみよう。
　　　　　　　きょう　おうえんだん　れんしゅう

　　　　　　　練習の先生は、こちらの応援団のみなさんです。
　　　　　　　れんしゅう せんせい　　　　　おうえんだん

応援団：あ、よいっしょ！
おうえんだん

学生たち：こんにちはー。
がくせい

　　　　　こんにちはー。

応援団：押忍。
おうえんだん　お　す

　　　　押忍。
　　　　お　す

学生（クリス）：すごい。
がくせい

学生（サイモン）：ワオ。
がくせい

ナレーション：応援団の基本はあいさつ。
　　　　　　　おうえんだん　き ほん

　　　　　　　大きな声で「押忍」と言います。
　　　　　　　おお　　こえ　お　す　　い

応援団：ぼくにつづいて「押忍」って言ってください。
おうえんだん　　　　　　　　お　す　　　　い

　　　　押忍！
　　　　お　す

学生たち：押忍！
がくせい　お　す

応援団：もっと大きく。
おうえんだん　　おお

　　　　押忍！
　　　　お　す

学生たち：押忍！
がくせい　お　す

応援団：押忍！
おうえんだん　お　す

学生たち：押忍！
がくせい　お　す

93

ナレーション：では、応援のお手本を見ましょう。
おうえん　　て ほん　み

応援団：フレーエ。フレーエ。さーんーこうー。
おうえんだん

それー。はい。

フレー、フレー、三高。
さんこう

フレー、フレー、三高。
さんこう

ナレーション：まず拍手を習います。
はくしゅ　なら

学生たち：フレー、フレー、三高。
がくせい　　　　　　　　　 さんこう

フレー、フレー、三高。
さんこう

フレー、フレー、三高。
さんこう

学生（アレクス）：赤いね、赤い。
がくせい　　　　　あか　　 あか

ほんとに。

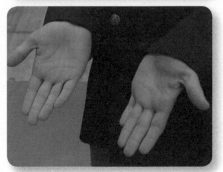

ナレーション：つぎに、応援の型を習いましょう。
おうえん　かた　なら

何度も練習して、動きをおぼえます。
なんど　れんしゅう　　　 うご

学生（アレクス）：フレーエ。フレーエ。
がくせい

応援団：もっと手を上にあげる。
おうえんだん　　て　うえ

すばやく。

すばやく。

学生（サイモン）：ぜったい筋肉痛ね。
がくせい　　　　　　　きんにくつう

ナレーション：「フレー、フレー」のあとで、選手の名前を言います。
せんしゅ　なまえ　い

　　　　　　たとえば、アレクス君の場合は…。
くん　ばあい

応援団：おー。フレーエ、はい。
おうえんだん

　　　　フレー、フレー、アレクス。

　　　　フレー、フレー、アレクス。

ナレーション：最後にエリンを応援しましょう。
さいご　　　　　おうえん

　　　　　　みんなで、やってみよう！

学生（サイモン）：日本語を勉強しているエリンを応援します。
がくせい　　　　　にほんご　べんきょう　　　　　　　おうえん

　　　　　　　押忍。
おす

みんな：フレーエ。フレーエ。エ・リ・ン。

　　　　それー。はい。

　　　　フレー、フレー、エリン。

　　　　フレー、フレー、エリン。

　　　　押忍。
おす

見てみよう
み

「部活」
ぶかつ

ホニゴン：今日は、高校のいろいろな部活を見てみよう。
　　　　きょう　　こうこう　　　　　　　ぶかつ　み

エリン：はい。

ホニゴン：放課後、部活の始まる時間です。
　　　　ほうかご　ぶかつ　はじ　　じかん

これは何部かな？
なにぶ

エリン：あ、野球部ですね。
やきゅうぶ

ホニゴン：そうだね。

日本では高校野球がさかんなんだ。
にほん　　こうこうやきゅう

生徒：ぼくらは野球部です。
せいと　　　やきゅうぶ

毎日、３時間練習をしています。
まいにち　　じかんれんしゅう

今は、春の大会にむけて、冬のきびしい練習をせいいっぱい
いま　はる　たいかい　　　　ふゆ　　　　　れんしゅう

がんばっています。

エリン：みんながんばっていますね。

エリン：ここは何の部活だろう？
なん　ぶかつ

ホニゴン：実験をしているみたいだね。
じっけん

生徒：さんそをオゾンにかえる実験をおこなっています。
せいと　　　　　　　　　じっけん

私たちは化学部です。
わたし　　かがくぶ

化学部では日々、実験をおこなって、そのせいかを発表
かがくぶ　ひび　じっけん　　　　　　　　　　はっぴょう

したりしています。

ホニゴン：この化学部はゆうしゅうな発表をして、何度も賞をもらって
　　　　　　　　かがくぶ　　　　　　　　　　はっぴょう　　　　　なんど　しょう

　　　　　いるそうだよ。

エリン：へえー、すごい！

生徒：自分たちが知らないことを、実験によってかくにんすること
せいと　じぶん　　　し　　　　　　　　じっけん

　　　　ができたり、新しいことを発見することができることが、
　　　　　　　　　　あたら　　　　　　はっけん

　　　　えー、化学部の楽しみです。
　　　　　　かがくぶ　たの

ホニゴン：この教室にはたくさんの生徒が
　　　　　　　　きょうしつ　　　　　　　せいと

　　　　　集まっているね。
　　　　　あつ

エリン：みんな、楽器を持っていますね。
　　　　　　　がっき　も

ホニゴン：吹奏楽部だよ。部員数は68人。
　　　　　　すいそうがくぶ　　ぶいんすう　　にん

生徒：私たちは吹奏楽部です。
せいと　わたし　　すいそうがくぶ

　　　　吹奏楽で大切なことは、みんなの心を一つにすることです。
　　　　すいそうがく　たいせつ　　　　　　　　こころ　ひと

ホニゴン：68人の心を一つにすると、こんなにすばらしいえんそうに
　　　　　　にん　こころ　ひと

　　　　　なるんだ。

エリン：じょうずですねえ。

世界に広がる日本語
せ かい　ひろ　　　にほん ご

「タイ／日本語を勉強している高校生」
にほん ご　べんきょう　　　　　　　こうこうせい

ナレーション：ここは、タイです。

首都バンコクの郊外にあるワット・ラチャオロット校です。
しゅと　　　　　　こうがい　　　　　　　　　　　　　　　　こう

中学生と高校生、合わせて2500人が通っています。
ちゅうがくせい　こうこうせい　あ　　　　　　　　　にん　かよ

この学校では、15年前から日本語を教えています。
がっこう　　　　　ねんまえ　　にほん ご　おし

高校2年生のクラス。
こうこう　ねんせい

とても熱心に日本語を勉強している生徒がいます。
ねっしん　にほん ご　べんきょう　　　　　せいと

スパーピット・サイサーライさんです。

先生：あー、作ってください。
せんせい　　　　　つく

スパーピット：今日は用事がありますか？
きょう　ようじ

先生：うん、今日は用事がありますか？
せんせい　　　　きょう　ようじ

みなさん。

ナレーション：スパーピットさんが、一番好きな歌の授業です。
いちばん す　　うた　じゅぎょう

ナレーション：スパーピットさんは、乗り合いバスで学校に通っています。
の　あ　　　　　　がっこう　かよ

スパーピット：きれい？

友だち1：きれい。
とも

スパーピット：きれい。

友だち2：かわいい。
とも

友だち1：おー、かわいい。
とも

ナレーション：スパーピットさんの家は、線路のよこにあります。
いえ　　　せんろ

スパーピットさんのへやです。

スパーピットさんは日本の歌が好きになって、

日本語の勉強を始めました。

スパーピット：紙にことばを書いて、それで勉強します。

ナレーション：スパーピットさんは、

ことばをおぼえるために、

自分でメモを作って勉強しています。

ナレーション：日本語を学ぶ中学生や高校生の日本語コンテストが

開かれました。

成績がいい生徒たちがさんかします。

スパーピットさんも、学校の代表になって、コンテストに

出場しました。

テストはどうでしたか？

スパーピット：むずかしかったです。

ナレーション：会場では、日本の文化を楽しんだり、日本の料理を

食べたりすることもできます。

みんな：いただきまーす！

ナレーション：スパーピットさんも先生や友だちと、

大好きなおすしを食べました。

友だち：やきそば。

天ぷら。

ナレーション：最後にスパーピットさんの

好きな日本語を教えてもらいました。

スパーピット：私の好きなことばは、「家族」です。

なぜなら、私は家族を愛しています。

☆ CAN-DO のための大切な表現 ☆練習の答え
たいせつ　　ひょうげん　　れんしゅう　　こた

1. 今、何時？
いま　なんじ

   4時。
   じ

2. その本、おもしろい？
   ほん

3. 土曜日、ひま？
   どようび

4. けしゴム（を）借りてもいい？
   か

5. 写真（を）見せて。
   しゃしん　み

6. アイスクリーム（を）食べる？
   た

7. もう少し待つ？
   すこ　ま

8. パーティーに行く？
   い

   ううん、行かない。
   い

9. 図書館で勉強する？
   としょかん　べんきょう

   うん、する。

第13課
だい   か

やり方をきく
かた

―駅―
えき

基本スキット
まんが

すみません。

はい。

あの、町田にはどう行ったらいいですか？

町田、それなら小田急線ですね。

この先のかいだんをおりて、一度改札を出てから左ですよ。

かいだん…。

ほら、あのかいだん。

あれを
おりると、
すぐわかると
思いますよ。
おも

わかりました。

ありがとう
ございます。

基本スキット
おさらい

エリン：すみません。

女の人：はい。

エリン：あの、町田にはどう行ったらいいですか？

女の人：町田、それなら小田急線ですね。

この先のかいだんをおりて、

一度改札を出てから左ですよ。

エリン：かいだん…。

女の人：ほら、あのかいだん。あれをおりると、

すぐわかると思いますよ。

エリン：わかりました。

ありがとうございます。

CAN-DO 表現
ひょうげん

やり方をきく
かた

☆ CAN-DO のための大切な表現☆
たいせつ　ひょうげん

どう行ったらいいですか。
い

☆ "やり方をきく" 言い方です。
かた　　い かた

《動詞の【た形】》に「ら」をつけます。
どうし　　けい

そして、「どう」と「いいですか」の間に入れます。
あいだ　い

《動詞の【た形】》は、《動詞の【て形】》の「て」を「た」にかえます。
どうし　　けい　　　どうし　　けい

	ます形けい		て形けい	た形けい
Ⅰ	いいます	i-imasu	いって	いった
	もちます	moch-imasu	もって	もった
	きります	kir-imasu	きって	きった
	よみます	yom-imasu	よんで	よんだ
	かきます	kak-imasu	かいて	かいた
	はなします	hanash-imasu	はなして	はなした
Ⅱ	みます	mi-masu	みて	みた
	たべます	tabe-masu	たべて	たべた
Ⅲ	き（来）ます	kimasu	きて	きた
	します	shimasu	して	した

例 1) この漢字は、どう読んだらいいですか。
れい　　　　かんじ　　　　　よ

例 2) この料理は、どう食べたらいいですか。
れい　　　　りょうり　　　　た

例 3) 秋葉原には、どう行ったらいいですか。
れい　　あきはばら　　　　　い

例 4) 先生には、どう話したらいいですか。
れい　　せんせい　　　　はな

練習
れんしゅう

例のようにつづけて言ってください。
れい　　　　　　　　　　　　い

【動詞】は、□の中から、えらんでください。
どうし　　　　　なか

例：（このつくえ）
れい
　→このつくえは、<u>どうならべたらいいですか。</u>

1.（この地名）
　　　　ちめい
　→この地名は、
　　　　ちめい

2.（この地図）
　　　　ちず
　→この地図は、
　　　　ちず

3.（この曲）
　　　　きょく
　→この曲は、
　　　　きょく

4.（このプレゼント）

　→このプレゼントは、

5.（ディズニーランド）

　→ディズニーランドには、

6.（先生）
　　せんせい
　→先生には、
　　せんせい

・ならべます（例）
　　　　　　　　れい
・見ます　　　　　・ひきます
　み
・説明します　　　・行きます
　せつめい　　　　　　い
・読みます　　　　・つつみます
　よ

＊「たらいいですか」は、ほかの【疑問詞】といっしょに使う言い方もあります。
　　　　　　　　　　　　　　ぎもんし　　　　　　　つかいかた

　例1．どこへ置いたらいいですか。
　れい　　　　お
　例2．どこで買ったらいいですか。
　れい　　　　か
　例3．だれに聞いたらいいですか。
　れい　　　　き

いろいろな使い方
つか　かた

❶ 会議室で
　かいぎしつ

　　部下：このつくえ、どうならべたらいいですか？
　　ぶか

　　上司：そうですね。
　　じょうし

　　　　　むかい合わせになるように四角に
　　　　　　　　　あ　　　　　　　　　　　しかく

　　　　　ならべてください。

　　部下：はい。
　　ぶか

　　　　　おつかれさまでした！

❷ 台所で
　だいどころ

　　妻：はい、つぎ、アボカド切って。
　　つま　　　　　　　　　　　　き

　　夫：え、これ、どう切ったらいいの？
　　おっと　　　　　　　　き

　　妻：回しながらほうちょうを入れて、
　　つま　まわ　　　　　　　　　　　い

　　　　ひねるとたねからとれるよ。

❸ ゲームセンターで

　　女の人：ね、これ、どうやったらいいの？
　　おんな　ひと

　　男の人：この映像に合わせて、この太鼓をたたくの。
　　おとこ　ひと　　　えいぞう　あ　　　　　　たいこ

　　女の人：へえー。
　　おんな　ひと

応用スキット
おうよう

さき：どう行くのが一番早いんだろ？
　　　い　　　　　　いちばんはや

けんた：東京駅で乗りかえたらいいんじゃないか？
　　　　とうきょうえき　　の

さき：そうかなあ。

けんた：しんじないの？

　　　だったら、駅員にきいてみろよ。
　　　　　　　えきいん

さき：そうする。

さき：すみません。

駅員：はい。
えきいん

さき：五反田には、どう行ったらいいですか？
　　　ごたんだ　　　　　　い

駅員：新宿乗りかえですね。
えきいん　しんじゅく の

さき：ちがうじゃない。

けんた：東京駅で乗りかえても行けますよねえ？
　　　　とうきょうえき　　の　　　　い

駅員：それでも行けますけど、遠回りになっちゃいますねえ。
えきいん　　　　　い　　　　　　　とおまわ

けんた：……。

さき：あぶなかったー。

　　　ほら、おくれるよ！

109

《ことばをふやそう！》

〈駅の中〉
えき なか

①ベンチ
②階段
　かいだん
③ホーム
④時刻表
　じこくひょう
⑤改札口
　かいさつぐち
⑥路線図
　ろせんず
⑦券売機
　けんばいき
⑧みどりの窓口
　まどぐち

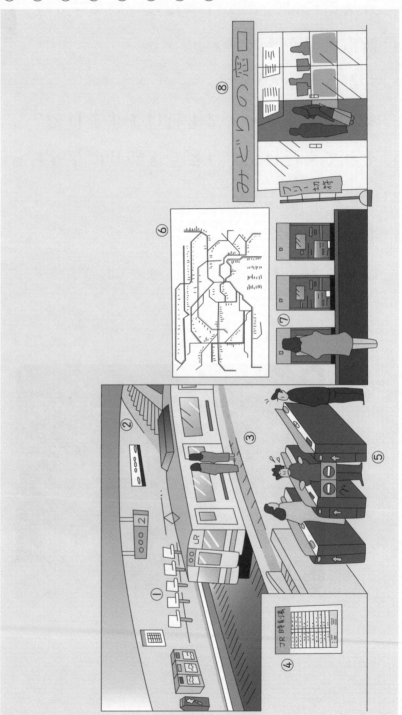

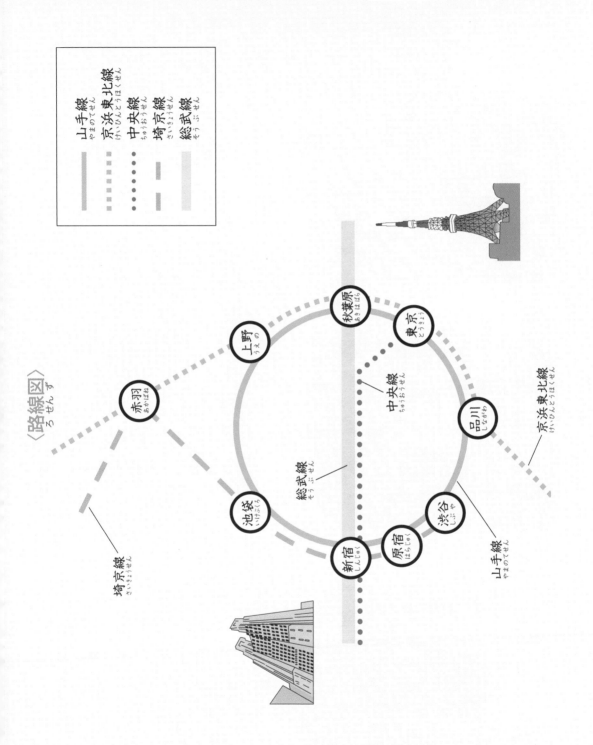

〈路線図〉
ろ せん ず

山手線
やまのてせん

京浜東北線
けいひんとうほくせん

中央線
ちゅうおうせん

埼京線
さいきょうせん

総武線
そうぶせん

13 やり方をきく

これは何？

電車でおもしろいものを見つけました。

何でしょうか？

これは

電車の中です。
上の方です。

これは

お客さんが荷物を持って、
乗ってきました。

これは

あみだな！

荷物を置きます。
とても便利です。

やってみよう

「小さな旅」
ちい　たび

きょうすること

きょうは、「江ノ電」にのって、出かけましょう。そして、下の6つのことをしましょう。

おりる駅	すること
はせ駅 えき	1,「はせ寺」へ行きます。 2,だんごを食べます。 3,しゃしんをとります。
えのしま駅 えき	4,「えのしま」へ行きます。 5,おみやげを買います。 6,「展望灯台」にのぼります。 てんぼうとうだい

鎌倉　長谷　江ノ島
かまくら　はせ　えのしま

ナレーション：今日は、電車に乗って小さな旅に出かけましょう。
　　　　　　　きょう　　でんしゃ　の　　ちい　たび　で

　　　　　　　行き先は、東京の郊外です。
　　　　　　　い　さき　　とうきょう　こうがい

　　　　　　　鎌倉と江ノ島。
　　　　　　　かまくら　え　しま

　　　　　　　ここは、古いお寺や神社が多くて、海もきれいです。
　　　　　　　　　　ふる　　てら　じんじゃ　おお　　　うみ

　　　　　　　この旅には、課題があります。
　　　　　　　　　たび　　かだい

女の人1：「きょうすること」、何だろう？
おんな　ひと　　　　　　　　なん

ナレーション：課題は6つです。
　　　　　　　かだい　むっ

　　　　　　　まず、長谷駅でおりて、3つの課題をします。
　　　　　　　　　はせえき　　　　　みっ　かだい

　　　　　　　それから、江ノ島駅に行って、3つの課題をします。
　　　　　　　　　　　え　しまえき　い　　　みっ　　かだい

　　　　　　　まず、長谷駅へしゅっぱーつ！
　　　　　　　　　はせえき

男の人1：ここと、これ食べたい。
おとこ　ひと　　　　　　　　　　た

女の人1：いいねえ。
おんな　ひと

男の人1：いくら買った？
おとこ　ひと　　　か

女の人1：ちがう。なんか、折れちゃったから。
おんな　ひと　　　　　　　　　　　お

男の人1：ああ。
おとこ　ひと

女の人1：通れなかった。
おんな　ひと　とお

男の人2：すみません、あの、「はせ寺」ってどこか、
おとこ　ひと　　　　　　　　　　　　てら

　　　　　さがしてるんですけど。

ナレーション：さいしょの課題は、
　　　　　　　　　　　　　　かだい

　　「はせ寺」へ行きます。
　　　　てら　　い

通行人：四つ角があったら、左にまがれば。
つうこうにん　よ　かど　　　　　　ひだり

女の人1：ここ。
おんな　ひと

男の人1：左と言ってた。
おとこ　ひと　ひだり　い

男の人2：左。
おとこ　ひと　ひだり

女の人1：そ、左って言ってた。
おんな　ひと　　ひだり　い

男の人1：青だ。わたろう。
おとこ　ひと　あお

男の人1：あれだ、あれだ、着いた。
おとこ　ひと　　　　　　　　　　つ

　　　　　ね。

女の人1：あ！　長谷寺だ！
おんな　ひと　　　はせ　てら

男の人1：長谷寺に着きました。
おとこ　ひと　はせ　てら　つ

女の人1：着きました。
おんな　ひと　つ

　　　　　イェーイ！

　　　　　おつかれさん。

男の人1：お、海、見えるね。すごい。
おとこ　ひと　　　　　うみ　み

男の人2：いいとこ来たなあ。
おとこ　ひと　　　　　　　き

女の人1：おー。
おんな　ひと

　　　　　山、山だよね、あそこ。
　　　　　やま　やま

　　　　　いい景色じゃん。
　　　　　　　けしき

女の人1：そういえば、おだんご。
おんな　ひと

男の人1：そうそう、今、言おうとした。
おとこ　ひと　　　　　　いま　い

ナレーション：つぎは、

　　　　だんごを食べます。
　　　　　　　　　た

女の人2：このへんで、おだんごを食べられるところって、
おんな　ひと　　　　　　　　　　　　　た

　　　　　ありますか？

通行人：わかんない。
つうこうにん

女の人2：わかんないですか。
おんな　ひと

通行人：はい。
つうこうにん

女の人1：あ、そこじゃない？
おんな　ひと

　　　　　「だんご」って書いてある。
　　　　　　　　　　　　か

　　　　　そこ。

通行人：あ、そうだ、書いてある。
つうこうにん　　　　　　か

女の人1：あそこだ。
おんな　ひと

　　　　　発見したよ。
　　　　　はっけん

　　　　　あった、あった。

女の人2：ありがとうございます。
おんな　ひと

男の人1：こんにちは。

女の人1、2：こんにちは。

店の人：いらっしゃいませ。

男の人1：だんごって、何からできるんですか？

店の人：こちらのほう、おもち、お米からね、

作っておりますけどもね、はい。

こちらがみたらしのだんごね。

「大吉だんご」でございますので。

どうぞごゆっくりね、おめしあがりください。

女の人1、2：ありがとうございます。

女の人1：いただきます。

男の人1：いっす。

男の人2：いっす。

女の人1：これが「大吉だんご」。

女の人2：うん。

いいことある。

みんな：おだんご、食べました。

ナレーション：3つ目の課題。

しゃしんをとります。

女の人1：すみません、写真、

とってもらっていいですか？

通行人：はい、いきます。

みんな：はい。

ナレーション：これで、３つの課題が終わりました。
　　　　　　　　　　　みっ　かだい　お
　　　　　　　つぎは江ノ島駅に行きます。
　　　　　　　　　　え　しまえき　い

　　女の人1：今。今。
　　おんな　ひと　いま　いま
ナレーション：４つ目の課題は、
　　　　　　　　　　よっ　め　かだい
　　　　　　　「えのしま」へ行きます。
　　　　　　　　　　　　　　い

　　女の人1：あー、あれ、そうだよね。
　　おんな　ひと
　　　　　　　あれが展望台。
　　　　　　　　　　てんぼうだい

　　男の人1：あれだ、あれ。
　　おとこ　ひと

　　女の人1：うん。
　　おんな　ひと

　　女の人2：ここ？
　　おんな　ひと

　　女の人1：うん、ここ。
　　おんな　ひと

　　　みんな：エーイ！

男の人1、女の人1：江ノ島へ着きました！
おとこ　ひと　おんな　ひと　え　しま　つ

　　女の人1：つかれました。
　　おんな　ひと
　　　　　　　けっこう長いきょりでしたね。
　　　　　　　　　　　なが

　　男の人1：ね。
　　おとこ　ひと

ナレーション：つぎは、

　　　　　　　おみやげを買います。
　　　　　　　　　　　　か

　　女の人1：お、食べ物あるよ。
　　おんな　ひと　　た　もの
　　　　　　　私、どうしよう。
　　　　　　　わたし
　　　　　　　学校の友だちに買おうかな。
　　　　　　　がっこう　とも　　か

女の人2：お店ナンバーワンのミルククッキーにしました。
　　おんな　ひと　　　みせ

男の人1：これはカニのお菓子です。
　　おとこ　ひと　　　　　　　　　か　し

女の人1：私はみかんもちにしました。
　　おんな　ひと　　わたし

　　　　　　おもち、好きなので。
　　　　　　　　　　　す

男の人2：おれは、アジのほしものにしました。
　　おとこ　ひと

ナレーション：これで5つ目の課題も終わりました。
　　　　　　　　　　　　いつ　め　　か　だい　お

女の人1：ありがとうございました。
　　おんな　ひと

男の人1：ありがとうございました。
　　おとこ　ひと

女の人1：あっち、あっち。
　　おんな　ひと

男の人1：わ、すごい大きいね。
　　おとこ　ひと　　　　　　おお

ナレーション：最後の課題です。
　　　　　　　　　さい ご　か だい

男の人1：展望台に、
　　おとこ　ひと　てんぼうだい

神社の人：はい。
　じんじゃ　ひと

男の人1：のぼりたいんですけど。
　　おとこ　ひと

神社の人：はい。
　じんじゃ　ひと

男の人1：どっちから行ったらいいですか？
　　おとこ　ひと　　　　　い

神社の人：このかいだんか、こちらの「エスカー」で。
　じんじゃ　ひと

女の人1：のぼってみる？
　　おんな　ひと

男の人2：うん、のぼってみよう。
　　おとこ　ひと

女の人1：うん。運動、運動。
　　おんな　ひと　　うんどう　うんどう

ナレーション：長いかいだんをのぼります。
　　　　　　　　なが

女の人1：ミッキー。
おんな　ひと

男の人1：は。
おとこ　ひと

女の人1：大丈夫？
おんな　ひと　　だいじょうぶ

男の人1：大丈夫。
おとこ　ひと　　だいじょうぶ

ナレーション：もう少しでゴールです。
　　　　　　　　すこ

女の人1：わあー、すごい。
おんな　ひと

男の人2：いいながめだなー。
おとこ　ひと

男の人1：広いねー。
おとこ　ひと　ひろ

女の人1：ワーオ！
おんな　ひと

男の人1：まわり、ぜんぶ海だ、360 度。
おとこ　ひと　　　　　　　　うみ　　　　　ど

　　　　　あれ、さっき歩いた橋だね。
　　　　　　　　　　ある　　はし

男の人2：うん、そう。
おとこ　ひと

男の人1：けっこう歩いたね、これ。
おとこ　ひと　　　　ある

男の人2：うん。
おとこ　ひと

男の人1：こっから見ると。
おとこ　ひと　　　　み

女の人2：楽しかったところは、いろんな人とふれ合えたこと、
おんな　ひと　たの　　　　　　　　　　　　　　ひと　　　あ

　　　　　町の人と…。
　　　　　まち　ひと

女の人1：すいません、写真とってもらっていいですか。
おんな　ひと　　　　　　しゃしん

観光客：あー、はい。いきまーす。はい、チーズ。
かんこうきゃく

ナレーション：これで6つの課題がぜんぶ終わりました。
　　　　　　　　　　むっ　　かだい　　　　　　お

　　　　　　小さな旅。でも、思い出がたくさんできました。
　　　　　　ちい　たび　　　　　おも　て

見てみよう
み

「電車の乗り方」
でんしゃ　の　かた

ホニゴン：今日は、電車の乗り方を見てみよう。
きょう　　　てんしゃ　の　かた　み

エリン：はーい。

ホニゴン：ここは東京駅だよ。
とうきょうえき

　　　　　まず、運賃表で切符のねだんをしらべよう。
うんちんひょう　きっぷ

　　　　　たとえば、秋葉原は？
あきはばら

エリン：東京から130円。
とうきょう　　　　えん

ホニゴン：正解！
せいかい

　　　　　そして、券売機で、切符を買うよ。
けんばいき　　きっぷ　か

　　　　　お金を入れて、画面にタッチして…。
かね　い　　　がめん

エリン：かんたんね！

ホニゴン：遠い駅までの切符は、窓口で買うこともできます。
とお　えき　　きっぷ　　まどぐち　か

ホニゴン：じゃ、改札口を通るよ。
かいさつぐち　とお

エリン：はい。

ホニゴン：切符を入れて…、
きっぷ　い

忘れないで取ってね。切符は、
わす　と　きっぷ

駅を出るときにも、いるからね。
えき　て

エリン：あれっ？　今の人、切符を入れなかった。
いま　ひと　きっぷ　い

ホニゴン：うん。ＪＲの電車はこのカードでも乗れるんだ。
てんしゃ　の

カードをここにタッチするだけだよ。

エリン：へえー。

あ、携帯電話で通る人もいる！
けいたいでんわ　とお　ひと

ホニゴン：そう。携帯電話もとうろくして使えるものがあるんだ。
けいたいでんわ　つか

エリン：べんりー。

エリン：あ！

ホニゴン：切符のお金が足りないね。
きっぷ　かね　た

エリン：どうするの？

ホニゴン：そんな時は、この精算機でお金をはらうよ。
とき　せいさんき　かね

切符を入れて、お金を入れると精算券が出てくるんだ。
きっぷ　い　かね　い　せいさんけん　て

エリン：なるほどー。

今度は大丈夫でした！
こんど　だいじょうぶ

ホニゴン：よかったねえ。

世界に広がる日本語
せかい　ひろ　　　にほん　ご

「タイ／日本語を使って働いている人」
にほん　ご　つか　　はたら　　　　　ひと

ナレーション：ここは、タイの首都バンコクです。
しゅと

バンコクには、外国人がたくさん住んでいます。
がいこくじん　　　　　　す

そのため、いろいろな国の文化をつたえる
くに　ぶんか

カルチャースクールもたくさんあります。

ここは書道教室です。
しょどうきょうしつ

この教室に、半年前から通いはじめた生徒がいます。
きょうしつ　はんとしまえ　かよ　　　　　　　せいと

パッタナン・パーンガームさんです。

パーンガームさんは、大学で美術を専攻していました。
だいがく　びじゅつ　せんこう

そして、日本語の文字のうつくしさにひかれて、
にほん　ご　も　じ

日本語の勉強を始めました。
にほん　ご　べんきょう　はじ

パーンガーム：**漢字が大好き**ですから、始めました。
かん　じ　だい　す　　　　　　　　はじ

パーンガーム：こんにちは。

ナレーション：パーンガームさんの自宅です。
じたく

パーンガーム：これ、ね、**自分の字**です。
じぶん　じ

ナレーション：パーンガームさんは、書道でTシャツも作っています。
しゅどう　　　　　　　つく

パーンガーム：アートについて、いろんなTシャツ、またはカードとか、

つく、作りたいと思います。
つく　　おも

ナレーション：パーンガームさんは、げんざい、歯医者さんで働いています。
　　　　　　　　　　　　　　　　　　　　　　　　はいしゃ　　　　はたら

　　　　　　　３年前から、日本語の通訳として、かつやくしています。
　　　　　　　ねんまえ　　にほん ご　つうやく

　　　　　　　バンコクでは、たくさんの外国人が治療に来るので、
　　　　　　　　　　　　　　　　　　がいこくじん　ちりょう　く

　　　　　　　いろいろな国のことばを話す通訳がひつようです。
　　　　　　　　　　　　くに　　　　　　はな　つうやく

パーンガーム：はい。もしもし。

　　　　　　　プロムジャイ歯科ともうします。
　　　　　　　　　　　　　しか

　　　　　　　はい。

ナレーション：パーンガームさんは、

　　　　　　　歯医者さんの説明を正しくわかりやすく日本語でつたえます。
　　　　　　　はいしゃ　　せつめい　ただ　　　　　　　　　　にほん ご

パーンガーム：この歯の中にバイキンが入っちゃってて、今少し炎症が
　　　　　　　　　　は　なか　　　　　　　はい　　　　　　いますこ　えんしょう

　　　　　　　あります。

　　　　　　　そんなにいたみがなかったら、今日はちょっと調整して
　　　　　　　　　　　　　　　　　　　　　きょう　　　　　ちょうせい

　　　　　　　もらいます。

ナレーション：病院の中にある日本語の案内も、ぜんぶパーンガームさんが
　　　　　　　びょういん　なか　　にほん ご　あんない

　　　　　　　作っています。
　　　　　　　つく

　　　　　　　最後にパーンガームさんが、好きな日本語を教えてくれました。
　　　　　　　さいご　　　　　　　　　　　　す　　にほん ご　おし

パーンガーム：これは、「無敵」ということばですね。
　　　　　　　　　　　　むてき

　　　　　　　で、あの、文字がかっこいいと思います。
　　　　　　　　　　　　もじ　　　　　　おも

　　　　　　　みなさん、漢字はそんな、むずかしくないから、
　　　　　　　　　　　かんじ

　　　　　　　がんばりましょう。

123

☆ CAN-DO のための大切な表現 ☆練習の答え
たいせつ　ひょうげん　れんしゅう　こた

1. この地名は、どう読んだらいいですか。
ちめい　　　　よ

2. この地図は、どう見たらいいですか。
ちず　　　　　み

3. この曲は、どうひいたらいいですか。
きょく

4. このプレゼントは、どうつつんだらいいですか。

5. ディズニーランドには、どう行ったらいいですか。
い

6. 先生には、どう説明したらいいですか。
せんせい　　　せつめい

第14課
だい　か

よそうを言う
い

──携帯電話──
けいたいでん わ

≪ことばをふやそう！≫ 「気持ちのことば」「天気予報・季節」
きも　　　　　　　てんきよほう　きせつ

≪これは何？≫
なに

≪やってみよう≫ 「携帯メール」
けいたい

≪見てみよう≫ 「高校生の携帯電話」
み　　　　　　　こうこうせい　けいたいでん わ

≪世界に広がる日本語≫ 「メキシコ／日本語を勉強している高校生」
せ かい　ひろ　　にほん ご　　　　　　　　　　にほん ご　べんきょう　　　　　こうこうせい

基本スキット

まんが

うん…。

ピロリロリン

あ、メール！

えー！

ねえ、
見てよ、これ！

受信トレイ　To
06/09/15　05:09
めぐみ
無題
ゴメン〜いま起きた
めぐみ
-END-

ご・め・ん。
いま、おきた…。

もー！
まったく…。

基本スキット

おさらい

エリン：めぐみ、来ないね。

さき：うん、めずらしいなあ、めぐみのほうがおそいなんて。

エリン：出ないの？

さき：何かあったのかなあ…。

エリン：電車がおくれているかもしれないね。

さき：うん…。

さき：あ、メール！

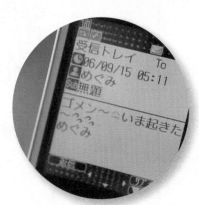

えー！

ねえ、見てよ、これ！

エリン：ご・め・ん。いま、おきた…。

さき：もー！　まったく…。

CAN-DO 表現
ひょうげん

よそうを言う
い

☆ CAN-DO のための大切な表現☆
たいせつ　　ひょうげん

電車がおくれているかもしれません。
てんしゃ

☆ "よそうを言う" 言い方です。
い　い かた

《な形容詞》や《名詞》は、「です」をとって、「かもしれません」をつけます。
けいようし　　　めいし

《動詞》や《い形容詞》は、【ふつう体】に「かもしれません」をつけます。
どうし　　　けいようし　　　　　　たい

【ふつう体】の作り方は、p.85 を見てください。
たい　　つく かた　　　　　　　　み

例 I) あの人は、先生かもしれません。
れい　　　ひと　　せんせい

　　　× あの人は、先生ですかもしれません。
　　　　　ひと　　せんせい

例 2) 雨がふるかもしれません。
れい　　あめ

　　　× 雨がふりますかもしれません。
　　　　　あめ

例 3) 弟は、まだねているかもしれません。
れい　　おとうと

　　　× 弟は、まだねていますかもしれません。
　　　　　おとうと

例 4) きょうは、来ないかもしれません。
れい　　　　　　こ

　　　× きょうは、来ませんかもしれません。
　　　　　　　　き

練習 1.
れんしゅう

例のように言ってください。
れい　　　　　　い

例：赤ちゃんがないています。（おなかがすいています）
れい　あか

　→おなかがすいているかもしれません。

I. 家がしずかです。（田中さんはるすです）
　いえ　　　　　　　　たなか

　→

2．人がたくさんいます。（有名人がいます）

　→ _____

3．顔が赤いです。（ねつがあります）

　→ _____

4．練習ができませんでした。（試合にまけます）

　→ _____

5．妹は、この野菜がきらいです。（食べません）

　→ _____

6．約束の時間まで、あと10分です。（まにあいません）

　→ _____

練習 2.

p.135 は、日本の8月のある日の天気予報です。

絵を見て、例のように言ってください。

例： 雪がふるかもしれません。

1．広島は…

　　　　　　　　　　　　　　　　　（雨がふります）

2．東京は…

　　　　　　　　　　　　　　　　　（はれます）

3．名古屋は…

　　　　　　　　　　　　　　　　　（くもりです）

4．大阪は…

　　　　　　　　　　　　　　　　　（暑いです）

5．西日本には…

　　　　　　　　　　　　　　　　　（台風が来ます）

いろいろな使い方
つか　かた

❶ 近所の家の前で
きんじょ　いえ　まえ

女の子：ここでいいの？
おんな　こ

お母さん：うん、そう。ここで。
かあ

女の子：だれも出てこないね。
おんな　こ　　　　て

お母さん：るすかもしれないね。
かあ

またあとで来ようか。
こ

❷ オフィスで

女の人：これ使ったらとどくかもしれませんよ。
おんな　ひと　　　　つか

男の人：あ、どうも。
おとこ　ひと

すいません。

❸ メガネ店で
てん

店員：いらっしゃいませ。
てんいん

今日はどういった感じでおさがしでしょうか？
きょう　　　　　　　　かん

客：そうですね、かわいいのがいいんですよね。
きゃく

店員：かしこまりました。
てんいん

そうですねえ。

お客様なら、こちらのフレームが
きゃくさま

おにあいかもしれませんね。

客：いいですか？
きゃく

店員：どうぞ。
てんいん

131

応用スキット
おうよう

めぐみ：あれって…折原くんかも。

さき：ああ、ほんとだ。

さき：さすが、恋するおとめ！　…折原くーん！

かおる：よう。

さき：折原君、めがねは？

かおる：今日は、コンタクト！

めぐみ：そのほうがいいよ。

かおる：そうかなあ。

さき：はい、お２人さん。こっちむいて！

めぐみ、かおる：え？

さき：ツーショット、ゲット！

　　　超ベストカップル！
　　　ちょう

めぐみ：咲！
　　　　さき

かおる：じゃ、おれ急ぐから。
　　　　　　　　いそ

めぐみ：うん。またね。

　さき：ねえ、見たい？　見たい？
　　　　　　み　　　　　　み

めぐみ：…うん。

　さき：ほら！

《ことばをふやそう！》

《気持ちのことば》

① うれしい (^-^)

② びっくり (*0*)

③ かなしい (T_T)

④ ごめんなさい m(_ _)m

⑤ ねむい (#´0`)ﾟﾟ｡｡

⑥ 好き (*´ω`)

⑦ きらい (ﾉ≧ﾛ≦)ﾉ (な)

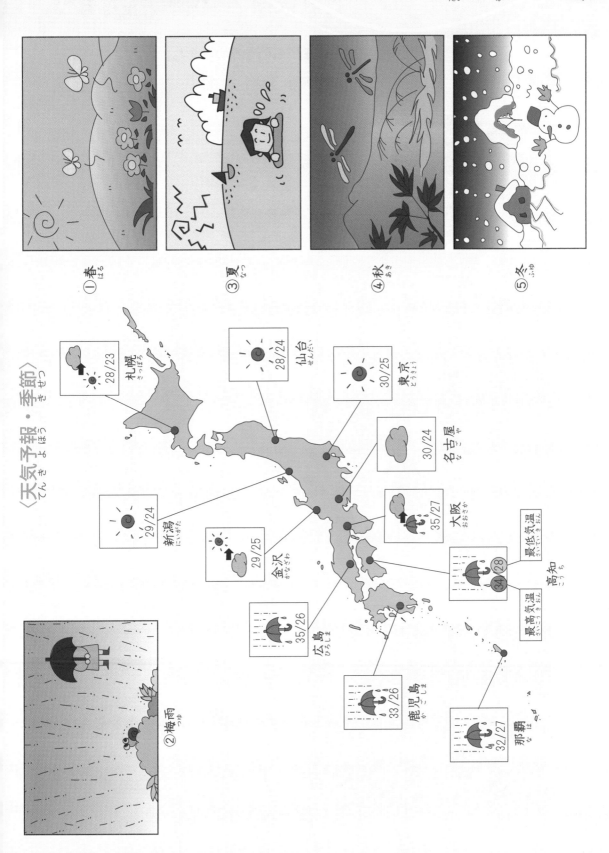

〈天気予報・季節〉
てんきよほう きせつ

① 春
はる

③ 夏
なつ

④ 秋
あき

⑤ 冬
ふゆ

② 梅雨
つゆ

札幌 さっぽろ 28/23
仙台 せんだい 28/24
東京 とうきょう 30/25
名古屋 なごや 30/24
新潟 にいがた 29/24
金沢 かなざわ 29/25
大阪 おおさか 35/27
高知 こうち 34/28
最低気温 さいていきおん
最高気温 さいこうきおん
広島 ひろしま 35/26
鹿児島 かごしま 33/26
那覇 なは 32/27

135

これは何？

携帯電話でおもしろいものを見つけました。

何でしょうか？

> 黒い小さいシールです。

> 男の人が、女の人の
> 携帯電話のメールを
> 見ています。
> でも、見えません。

> このシールは携帯電話に
> はります！
> まわりの人から、メールが
> 見えません。

やってみよう

「携帯メール」
けいたい

ナレーション：今日は、携帯電話でメールを送りましょう。
きょう　　けいたいでんわ　　　　　　おく

絵文字や顔文字を使って、楽しいメールを書きましょう。
えもじ　かおもじ　つか　　たの　　　　　　　　　か

先生は飯田有佳さん。高校2年生です。
せんせい　いいだゆか　　　こうこう　ねんせい

先生：じゃ、みなさん、よろしくおねがいします。
せんせい

みんな：よろしくおねがいします。

先生：今日は、この携帯を使って、えっとー、いろんな
せんせい　きょう　　　　　けいたい　つか

気持ちとかをひょうげんしていきたいと思います。
きも　　　　　　　　　　　　　　　　　おも

ナレーション：まず、お手本です。
てほん

日本の携帯電話には、たくさんの
にほん　けいたいでんわ

絵文字や顔文字が入っています。
えもじ　かおもじ　はい

これで、いろいろな気持ちをつたえます。
きも

先生：わかりやすいのから説明していきますと、これは、
せんせい　　　　　　　　　　せつめい

にこっとわらった顔ですね。
かお

だから、「おはよう」とかいうふうなときに使います。
つか

これはハートですね。

「また会いたいね」とかいうふうに、とてもよく使われます。
あ　　　　　　　　　　　　　　　つか

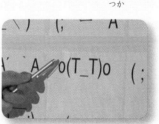

先生：これは、何でしょう？
せんせい　　　なん

女の人1：別れ？
おんな　ひと　わか

先生：そう、そうです、そうです。
せんせい

「彼氏と別れちゃったー」みたいなときに、使ったりしますね。
かれし　わか　　　　　　　　　　　　　　つか

これ、何かわかりますか。これ。
なん

これが目で、なみだをながしています。
め

「ショックだったあ」みたいなときに。

みんな：そうですね。

　　　　うん、うん。

先生：では、先ほど教えたこの２つの絵文字を組み合わせてみて、
_{せんせい}　　_{さき}　_{おし}　　　　　_{ふた}　_{えもじ}　_く　_あ

　　　　自分の好きなメールを送ってみてください。
　　　　_{じ ぶん}　_す　　　　　　　_{おく}

ナレーション：それでは、やってみよう！

先生：下を押してもらうと…あ、そうですね。
_{せんせい}　_{した}　_お

女の人１：かわいい。
_{おんな}　_{ひと}

女の人２：たくさんのおもしろい…。
_{おんな}　_{ひと}

　　　　　これはもう、使いやすいですねえ、とっても。
　　　　　　　　　　_{つか}

女の人３：あのー、花のもようがすごく好きで、花の絵を使って
_{おんな}　_{ひと}　　　　_{はな}　　　　　　　　_す　　　_{はな}　_え　_{つか}

　　　　　メールを書きました。
　　　　　　　　　_か

　　　　　今日は本当に楽しかった！！
　　　　　_{きょう}　_{ほんとう}　_{たの}

　　　　　ありがとう。

男の人：こんばんは！　さむい日が続いている（のに）けど楽しんでね。
_{おとこ}　_{ひと}　　　　　　　　　　　_ひ　_{つづ}　　　　　　　　　_{たの}

　　　　どうしてもあなたに会いたい、というメッセージです。
　　　　　　　　　　　　_あ

リポーター：それは、だ、だれむけのものですか。

男の人：別れた彼女。
_{おとこ}　_{ひと}　_{わか}　_{かのじょ}

ナレーション：つぎは応用。
　　　　　　　　_{おうよう}

　　　　　　　少しむずかしいです。
　　　　　　　_{すこ}

先生：この顔文字の中に、たとえばハートとかを、ほっぺに。
_{せんせい}　　_{かおもじ}　_{なか}

ナレーション：顔文字と絵文字を組み合わせて、新しい文字を作ることも
　　　　　　　_{かおもじ}　_{えもじ}　_く　_あ　　_{あたら}　_{もじ}　_{つく}

　　　　　　　できます。

女の人２：顔文字をえらんで。
_{おんな}　_{ひと}　_{かおもじ}

先生 ：えらんで。
せんせい

　　　　絵文字を。
　　　　えもじ

女の人2：絵文字を、
おんな ひと えもじ

先生 ：えらんで。
せんせい

女の人2：あー、できました。
おんな ひと

　　　　お母さん、ありがとう！！
　　　　かあ

リポーター：それは作ったんですか。
　　　　　つく

女の人2：そうですね。
おんな ひと

　　　　絵文字を使ったら、もっと、わかり、メッセージはわかり
　　　　えもじ つか

　　　　やすくなると思います。
　　　　　　　　おも

女の人4：きょうはたのしか（た）ったです。
おんな ひと

　　　　ちょっと気持ち、あらわすのはかんたんだと思う。ことばより。
　　　　　　　きも　　　　　　　　　　　　　　おも

リポーター：なるほど。できました？

女の人5：お元気？　あと、かわいい顔。あさって、はい、喫茶店で会う？
おんな ひと げんき かお きっさてん あ

　　　　楽しみにしています。
　　　　たの

　　　　これ、はじめて作ってみましたから、楽しかった。
　　　　　　　　　つく　　　　　　　　　たの

　　　　とてもおもしろい。

先生 ：えっとー、私がみなさんに教えたことを、えっとー、メールで
せんせい わたし おし

　　　　生かして、で、自分の気持ちを、文でつたえられ、られない
　　　　い じぶん きも ぶん

　　　　気持ちを、こう、つたえてもらえたら、とても私もうれしいです。
　　　　きも　　　　　　　　　　　　　　　　　　　　わたし

　　　　じゃ、今日はありがとうございました。
　　　　　　きょう

みんな：ありがとうございました。

ナレーション：楽しい携帯メール。
　　　　　　たの けいたい

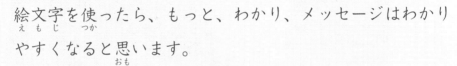

　　　　みなさんもやってみてください。

見てみよう

「高校生の携帯電話」
こうこうせい　けいたいでんわ

みんな：イェーイ！

ホニゴン：今日は、高校生の携帯電話を見てみよう。
きょう　こうこうせい　けいたいでんわ　み

　　　　まずは、世古望さんの携帯電話。
せ こ のぞみ　けいたいでんわ

　　　　ぬいぐるみがいっぱいついているね。

エリン：かわいいけど、重くないかな？
おも

世古：重いけどかわいいから、もっとかわいいの、
せこ おも

　　　あったら、いっぱいつけたいです。

ホニゴン：清水美佳さんの携帯電話は？
しみず み か　けいたいでんわ

エリン：うわー、キラキラ。

ホニゴン：自分でラインストーンをはってかざってるんだ。
じ ぶん

エリン：うわー、じょうずですね。

ホニゴン：じゃあ、使い方も見てみよう。
　　　　　　　　つか　かた　み

ホニゴン：友だちとのれんらくにはメールを使うんだ。
　　　　　　とも　　　　　　　　　　　　　　　つか

エリン：絵がいっぱい。かわいい。
　　　　え

世古：友だちとは、ほとんどメールばっかし。
せこ　とも

　　　メールの方がお金かか（ん）ら ないし。
　　　　　　　ほう　かね

　　　彼氏とは、電話もしますけど。
　　　　かれし　　てんわ

エリン：なるほど。

ホニゴン：それから、携帯電話で写真をとって、友だちにメールで
　　　　　　　　　　　けいたいでんわ　しゃしん　　　　とも

　　　　　送るんだよ。
　　　　　おく

エリン：うふふ、みんなへんな顔。
　　　　　　　　　　　　　　かお

ホニゴン：へんな顔の写真をとって、元気のない友だちに
　　　　　　　　かお　しゃしん　　　　げんき　　　とも

　　　　　送ってあげるんだって。
　　　　　おく

清水：私の変な顔を見て、なやみとかをふっとばしてほしいです。
しみず　わたし　へん　かお　み

エリン：どこに行くのかな？
　　　　　　　い

清水：これからお風呂に入ります。
しみず　　　　　ふろ　はい

　　　こういうふくろに携帯を入れて持って行きます。
　　　　　　　　　　けいたい　い　　もって　い

エリン：お風呂の中にも持って行くんだ。
　　　　ふろ　なか　も　　い

エリン：みんなにとって携帯電話は、ほんとに大切ですね。
　　　　　　　　　　　けいたいでんわ　　　　　たいせつ

ホニゴン：いろいろな使い方をしているねえ。
　　　　　　　　　　つか　かた

世界に広がる日本語
せかい　ひろ　にほんご

「メキシコ／日本語を勉強している高校生」
にほんご　べんきょう　こうこうせい

ナレーション：ここは、メキシコです。

メキシコには、日本語を教える学校が60校ぐらいあります。
にほんご　おし　がっこう　こう

そして、学習者の数は、毎年ふえています。
がくしゅうしゃ　かず　まいとし

こちらは、首都メキシコシティの郊外にある
しゅと　こうがい

日本メキシコ学院です。
にほん　がくいん

この学校には、日本コースとメキシココースがあります。
がっこう　にほん

メキシココースでは、幼稚園から高校まで、700人以上の
ようちえん　こうこう　にんいじょう

生徒が日本のことばや文化を学んでいます。
せいと　にほん　ぶんか　まな

ナレーション：高校3年生のクラス。
こうこう　ねんせい

このクラスに、幼稚園から日本語を学んでいる生徒がいます。
ようちえん　にほんご　まな　せいと

ミリアム・グアダルーペ・アセベスさんです。

ミリアム：日本語のひびきが好きだから勉強しています。
にほんご　す　べんきょう

ナレーション：ここは職員室です。
しょくいんしつ

授業で習った敬語を使って日本人の先生に質問をします。
じゅぎょう　なら　けいご　つか　にほんじん　せんせい　しつもん

ミリアム：メキシコの文化をどうお思いになりますか？
　　　　　ぶんか　　　　　　おも

先生：え、家族の人たちを、とても大切にしていると思いました。
せんせい　　　かぞく　ひと　　　　　　　たいせつ　　　　　　　　おも

　　　　あなたは、どう思いますか。
　　　　　　　　おも

ミリアム：えー、えー、とても、うん、楽しい文化です。
　　　　　　　　　　　　　　　　　たの　ぶんか

先生：楽しい文化と？　思います？
せんせい　たの　ぶんか　　おも

ミリアム：はい。と思います。
　　　　　　　　おも

ナレーション：こちらはミリアムさんのへやです。

　　　　　ミリアムさんが大切にしているものを見せてくれました。
　　　　　　　　　　　　たいせつ　　　　　　　　み

ミリアム：♪さくら。さくら。♪

　　　　着物です。
　　　　きもの

　　　　色がきれいだから好きです。
　　　　いろ　　　　　　　す

ナレーション：ミリアムさんは日本語だけでなく、
　　　　　　　　　　　　　にほんご

　　　　日本の文化が大好きです。
　　　　にほん　ぶんか　だいす

　　　　７年前から、日本舞踊も習っています。
　　　　ねんまえ　　　にほんぶよう　なら

　　　　発表会の時は、大切な着物を着ておどります。
　　　　はっぴょうかい　とき　たいせつ　きもの　き

ミリアム：日本の文化はとてもきれいな文化 だ と思います。
　　　　　にほん　ぶんか　　　　　　　ぶんか　　おも

ナレーション：最後に、ミリアムさんの好きな日本語を教えてもらいました。
　　　　　　さいご　　　　　　　　す　　にほんご　おし

ミリアム：「ほほえみ」です。

　　　　ほほえみがあると世界が明るくなるからです。
　　　　　　　　　　せかい　あか

143

☆ **CAN-DO のための大切な表現** ☆練習の答え
たいせつ　ひょうげん　れんしゅう　こた

練習 *1.*
れんしゅう

１． 田中さんは<u>るすかもしれません</u>。
　　たなか

２． 有名人が<u>いるかもしれません</u>。
　　ゆうめいじん

３． ねつが<u>あるかもしれません</u>。

４． 試合に<u>まけるかもしれません</u>。
　　しあい

５． <u>食べないかもしれません</u>。
　　た

６． <u>まにあわないかもしれません</u>。

練習 *2.*
れんしゅう

１． <u>雨がふるかもしれません</u>。
　　あめ

２． <u>はれるかもしれません</u>。

３． <u>くもりかもしれません</u>。

４． <u>暑いかもしれません</u>。
　　あつ

５． <u>台風が来るかもしれません</u>。
　　たいふう　く

第15課
だい か

きぼうを言う
い

── 祭り ──
まつ

基本スキット
まんが

あれは、
たこやき。

たこやき…。

中にたこが
入ってるの。
じょうずでしょ。

エリンも
何か食べる？

あれは
何ですか？

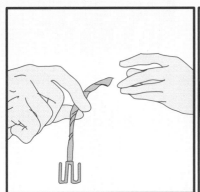

147

基本スキット
き ほん

おさらい

母：あれは、たこやき。
はは

エリン：たこやき…。

母：中にたこが入ってるの。
はは　なか　　　はい
じょうずでしょ。
エリンも何か食べる？
　　　　なに　た

エリン：あれは何ですか？
　　　　　　なに

母：ああ、ヨーヨーつりね。
はは

エリン：私、**あれがやりたいです。**
　　　　わたし
いいですか？

母：もちろん。
はは

母：エリン、がんばって。
はは

エリン：はい。

母：そうっと、そうっと、そうっと、そうそうそうそう
はは
そうそう。そのまま、そのまま、ゆっくり、ゆっくり、
そうそうそうそうそうそうそう…

母、エリン：あー！
はは

母：ああー。
はは

エリン：だめでした。

店の人：はい、ざんねん賞。
みせ　ひと　　　　　　　　しょう

CAN-DO 表現
ひょうげん

きぼうを言う
い

☆ CAN-DO のための大切な表現☆
たいせつ　　ひょうげん

あれがやりたいです。

☆ "きぼうを言う" 言い方です。
　　　　　　　い　　い　かた

《動詞》の「ます」をとって、「たいです」をつけます。
どうし

《動詞》の前の「を」は「が」を使ってもいいです。
どうし　　まえ　　　　　　　　　つか

例 1 ）ハンバーガーを食べます。
れい　　　　　　　　　　た

　　　→ハンバーガーを（が）食べたいです。
　　　　　　　　　　　　　　た

例 2 ）コーラを飲みます。
れい　　　　　　の

　　　→コーラを（が）飲みたいです。
　　　　　　　　　　の

☆会話では、「～たいんですが。」「～たいんですけど。」の形で、よく使います。相
　かいわ　　　　　　　　　　　　　　　　　　　　　　かたち　　　つか　　　　　あい

　手にアドバイス（助言）をもらいます。
　て　　　　　　じょげん

練習 1.
れんしゅう

将来のきぼうやゆめについて、例のように言ってください。
しょうらい　　　　　　　　　　　　れい　　　　　い

例：（友だちに会います）
れい　とも　　あ

　　→友だちに会いたいです。
　　　とも　　あ

1. （いろいろな国へ行きます）
　　　　　　　　くに　い

　→ _____

2. （いい大学に入ります）
　　　　だいがく　はい

　→ _____

3. （ピアノの先生になります）
　　　　　　せんせい

　→ _____

4. （テレビに出ます）
て

→ _____

5. （デザインの勉強を始めます）
べんきょう　はじ

→ _____

6. （有名人と結婚します）
ゆうめいじん　けっこん

→ _____

7. あなたのきぼうやゆめ

→ _____
_____

練習 2.
れんしゅう

例のように話してください。
れい　　　　　　　　　　はな

例：（冬休みにスキーをします・北海道）
れい　ふゆやす　　　　　　　　　　　ほっかいどう

　　A：あのう、冬休みにスキーをしたいんですが…。
　　　　　　　ふゆやす

　　B：スキーですか。じゃ、北海道がいいですよ。
　　　　　　　　　　　　　　　　ほっかいどう

1. （パソコンを買います・秋葉原）
か　　　　あき は ばら

　　A：_____　　B：_____

2. （若い人のファッションを見ます・原宿）
わか　ひと　　　　　　　　　　み　　はらじゅく

　　A：_____　　B：_____

3. （おいしいコーヒーを飲みます・公園の前の喫茶店）
の　　　　こうえん　まえ　きっさてん

　　A：_____　　B：_____

4. （空手を習う・駅の近くの学校）
からて　なら　えき　ちか　　がっこう

　　A：_____　　B：_____

5. （お祭りの写真をとります・来月の夏祭り）
まつ　しゃしん　　　　　　らいげつ　なつまつ

　　A：_____　　B：_____

6. （京都まで早く行きます・新幹線）
きょうと　はや　い　　　　しんかんせん

　　A：_____　　B：_____

7. （京都まで安く行きます・夜行バス）
きょうと　やす　い　　　　やこう

　　A：_____　　B：_____

いろいろな使い方
つか　かた

❶ オフィス街で
がい

先輩：暑いな。
せんぱい　あつ

こんな日は、
ひ

冷えたビールが飲みたいね。
ひ　　　　　　　　　　の

後輩：早めに切り上げて、行きますか？
こうはい　はや　　き　あ　　　　い

先輩：そうしよっか。
せんぱい

先輩、後輩：かんぱーい！
せんぱい　こうはい

❷ 旅行代理店で
りょこうだいりてん

女の人：私、京都行きたいな。
おんな　ひと　わたし　きょうと　い

男の人：おれは、北海道行きたい。
おとこ　ひと　　　　　　ほっかいどう　い

❸ 家で
いえ

おばあさん：これ、この間の夏の写真よ。
あいだ　なつ　しゃしん

おじいさん：うーん、会いたいなあ。
あ

おばあさん：またすぐ会えるでしょ。
あ

おじいさん：ん、会いたいね。
あ

❹ 幼稚園で
ようちえん

先生：大きくなったら、何になりたい？
せんせい　おお　　　　　　　　なに

子ども１：学校の先生。
こ　　　　がっこう　せんせい

先生：大きくなったら、何になりたい？
せんせい　おお　　　　　　　　なに

子ども２：マジシャン。
こ

先生：大きくなったら、何になりたい？
せんせい　おお　　　　　　　　なに

子ども３：婦人警官です。
こ　　　　ふじんけいかん

先生：どうして？
せんせい

子ども３：どろぼうをつかまえたいです。
こ

応用スキット
おうよう

めぐみ：おみこし、すごかったね。

さき：ほんと！ 迫力あった。
はくりょく

けんた：あ、やきそば。食べたい！
　　　　　　　　　　　た
　　　　お、じゃがバターもいいなあ。

　さき：もう、あんたと来ると、いつもそれなんだから。
　　　　　　　　　く

めぐみ：あー、わたあめ！　食べたい！
　　　　　　　　　　　　　た

けんた：いいねえ、わたあめも。

　さき：聞いてる？
　　　　き

　さき：あ、ちょっと、ちょっと、待ってよ。
　　　　　　　　　　　　　　　　ま

けんた：ったく、どんくさいやつだなあ。

　さき：ごめん。

けんた：あ！

《ことばをふやそう！》

〈屋台〉やたい

①たこやき
②やきそば
③やきとうもろこし
④やきとり
⑤わたあめ
⑥水あめ
⑦ヨーヨーつり

〈家族の呼び方〉
かぞく　よ　かた

①母（お母さん）
はは　かあ

②父（お父さん）
ちち　とう

③兄（お兄さん）
あに　にい

④姉（お姉さん）
あね　ねえ

⑤祖父（おじいさん）
そふ

⑥祖母（おばあさん）
そぼ

⑦妹
いもうと

⑧私
わたし

⑨弟
おとうと

⑩ペット

155

これは何？
なに

お祭りでおもしろいものを見つけました。
まつ
何でしょうか？
なん

これは

まるくて大きいものです。
おお

これは

つつの中に入れます。
なか い

これは

うち上げ花火！
あ はなび

とても高く上がります。
たか あ
遠くからも見えます。
とお み

やってみよう

「花火」
はなび

ナレーション：花火にはさまざまなしゅるいがあります。
　　　　　　　はなび

　　　　　　今日は、日本人に人気がある線香花火をやってみましょう。
　　　　　　きょう　にほんじん　にんき　　　せんこうはなび

　　　　　　先生は山縣常浩さんです。
　　　　　　せんせい　やまがたつねひろ

　　　　　　線香花火は2しゅるいあります。
　　　　　　せんこうはなび

　　　　　　1つは、わらの先に火薬がついています。
　　　　　　ひと　　　　　さき　かやく

　　　　　　もう1つは和紙でできていて、火薬がつつまれています。
　　　　　　　　ひと　わし　　　　　　　　かやく

　　　　　　今日は、この線香花火を使います。
　　　　　　きょう　　　せんこうはなび　つか

ナレーション：花火は広い場所でします。
　　　　　　　はなび　ひろ　ばしょ

　　　　　　ろうそくと水を用意します。
　　　　　　　　　みず　ようい

　　　　　　まず、お手本です。
　　　　　　　　てほん

　　　先生：みんながよくあそんでる線香花火です。
　　　せんせい　　　　　　　　　　せんこうはなび

　　　　　はい、火をつけるときに、こう、こういうふうにしないで、
　　　　　　　ひ

　　　　　少しはすにして火をつけます。
　　　　　すこ　　　　　ひ

　　　　　ね、こうやって、あの、いっぺんに、ばあーっと火が
　　　　　　　　　　　　　　　　　　　　　　　　　ひ

　　　　　もえちゃうといけないんで、ね。

　　　　　で、もえてきますよね。

　　　　　そしたら、こう、立てるんです。ゆっくりと。
　　　　　　　　　　　た

ナレーション：火花はだんだんかわります。
　　　　　　　ひばな

　　　　　それぞれ名前がついています。
　　　　　　　　なまえ

　　　　　4つの花や葉の名前です。
　　　　　よっ　はな　は　なまえ

先生：はい、おちちゃったね。

はい。あの、終わったらね、かならず、

このバケツの中に、すててくださいね。

ここに火薬が入っていますね。

ね、今、こう、ま、まるくなる。

この上のここをもう一度、こう、よる。きゅっと。

ナレーション：ここをねじっておくと、花火が長くできます。

先生：強くよれてないと、たまがぽたっとおちちゃう。

ナレーション：では、やってみよう！

子どもたち：せーの！

先生：そうそうそう、なる（べく）、

手、まっすぐのばして。

ナレーション：だれが一番長くできるかな。

女の人：あー。

先生：あー、おちちゃった。

こっちが一番だ。

男の人：おー、一番。

男の子：楽しかった（でした）です。

女の子：光るところが好き。

ナレーション：みなさんも、線香花火、

やってみてください。

見てみよう
み

「祭り」
まつ

ホニゴン：今日は日本の祭りを見てみよう。
　　　　　きょう　にほん　まつ　み

エリン：はい。

ホニゴン：ここは、神社。鳥居があります。
　　　　　　　　じんじゃ　とりい

神殿。
しんでん

手をたたいておまいりをするんだ。
て

エリン：ふうん。

エリン：わあ、にぎやかですね。

ホニゴン：うーん。今日は、この神社のお祭りだよ。
　　　　　　　　きょう　　　じんじゃ　まつ

みんなでおみこしをかついでいるね。

エリン：わあ、大きくてきれいですね。
　　　　　　おお

159

ホニゴン：うーん。すごく重いんだよ。
_{おも}

おみこしをかついでいる人：わっしょい。わっしょい。
_{ひと}

エリン：たくさんの人が、かついでいますね。
_{ひと}

ホニゴン：みんな、はっぴを着て、はちまきをしているね。
_き

エリン：大きい声！
_{おお}_{こえ}

おみこしをかついでいる人：わっしょい。わっしょい。
_{ひと}

わっしょい。わっしょい。

ホニゴン：もう１つお祭りを見てみよう。
_{ひと}_{まつ}_み

エリン：これは…夜のお祭り？
_{よる}_{まつ}

ホニゴン：うーん。「酉の市」というお祭りだよ。
_{とり}_{いち}_{まつ}

毎年11月にあるんだ。
_{まいとし}_{がつ}

「酉の市」で有名なのは、これ！
_{とり}_{いち}_{ゆうめい}

エリン：わあ、これは何？
_{なに}

ホニゴン：これは、「熊手」というおまもりです。
_{くまて}

エリン：魚…鳥…いろいろありますね。
_{さかな}_{とり}

ホニゴン：そう。みんな、おめでたいものだよ。

店の人：いよーお！ そりゃ。そりゃ。
_{みせ}_{ひと}

ホニゴン：熊手を買ったら、お店の人といっしょにおいわいするんだ。
_{くまて}_か_{みせ}_{ひと}

エリン：へえー、おもしろい！

店の人：ありがとうございます。
_{みせ}_{ひと}

どうもありがとうございます。

どうも。ありがとうございました。

世界に広がる日本語
せ かい　ひろ　　　　にほん ご

「メキシコ／日本語を使って働いている人」
にほん ご　つか　　はたら　　　　　　ひと

ナレーション：メキシコの首都、メキシコシティです。
　　　　　　　　　　しゅと

　　　　　　　メキシコシティには、100軒以上の日本料理店があります。
　　　　　　　　　　　　　　　　　けん い じょう　　にほん りょう り てん

　　　　　　　和食は人気料理の1つです。
　　　　　　　わ しょく　にん き りょう り　ひと

　　　　　　　こちらの男性は、ギジェルモ・メンデスさん。
　　　　　　　　　　　だんせい

　　　　　　　1軒の日本料理店に来ました。
　　　　　　　　けん　にほん りょう り てん　き

ギジェルモ：こんにちは。

　店の人：こんにちは。
　みせ ひと

ギジェルモ：あの、荷物、あのー、
　　　　　　　　　に もつ

　　　　　　持ってきました。
　　　　　　も

　　　　　　あのー、いそがしいですか。

　店の人：いそがしい…ね。最近…。
　みせ ひと　　　　　　　　　　さいきん

ナレーション：ギジェルモさんは、日本料理店に、メキシコでは
　　　　　　　　　　　　　　　にほん りょう り てん

　　　　　　　手に入りにくい材料をとどけています。
　　　　　　　て　はい　　　　　ざいりょう

ギジェルモ：おいそがしい？

　店の人：そうだね。
　みせ ひと

ナレーション：こちらはギジェルモさんの事務所兼自宅です。

ギジェルモ：もしもし。はい。

はい。そうです。

ナレーション：注文はすべて日本語でメモをとります。

ギジェルモ：ちょっと待ってください。大根と白菜。

ナレーション：日本人のお客さんに品物をかくにん

しながらわたすためです。

ギジェルモさんは店だけでなく、

日本人の家に材料を

とどけることもあります。

日本人家族が住むアパートに到着しました。

ギジェルモ：持ってきました。

白菜と大根と納豆、持ってきました。

日本人：ありがとう。

ギジェルモ：いえ。…さい。

日本人：たすかります。持ってきてもらって。

ありがとうございます。

ギジェルモ：いいえ。こちらこそ。いつも…。

ナレーション：お客さんと日本語で話します。

ギジェルモさんは15歳のとき日本語の勉強を始めました。

知り合いからもらった辞書を使って、

自分で勉強しています。

ギジェルモ：本と、雑誌と、あの、できればビデオを見たときは、あの、
　　　　　　ほん　ざっし　　　　　　　　　　　　　み

　　　　　　わからな（いだっ）かったら、辞書（に）をチェック（を）
　　　　　　　　　　　　　　　　　　　　じしょ

　　　　　　して。

　　　　　　あの、わかったら、あの、日本人と、はな、はな、話す
　　　　　　　　　　　　　　　　　　にほんじん　　　　　　　　　　はな

　　　　　　ことができます。

ナレーション：ギジェルモさんは折り紙が
　　　　　　　　　　　　　　　おりがみ

　　　　　　じょうずです。日本人の
　　　　　　　　　　　　　　にほんじん

　　　　　　友だちに習いました。そして、
　　　　　　とも　　なら

　　　　　　ときどきめいにも教えます。
　　　　　　　　　　　　　　　おし

　　　　　　きれいな鶴ができあがりました。
　　　　　　　　　　つる

ナレーション：最後にギジェルモさんの好きな
　　　　　　　　さいご　　　　　　　　　　す

　　　　　　日本語を聞きました。
　　　　　　にほんご　き

ギジェルモ：「ごはん」です。

　　　　　　ごはんを食べるときは、家族
　　　　　　　　　　た　　　　　　　かぞく

　　　　　　集まって、しあわせだからです。
　　　　　　あつ

☆ CAN-DO のための大切な表現 ☆練習の答え
たいせつ　ひょうげん　　れんしゅう　こた

練習 1.
れんしゅう

1. いろいろな国へ行きたいです。
   くに　い
2. いい大学に入りたいです。
   だいがく　はい
3. ピアノの先生になりたいです。
   せんせい
4. テレビに出たいです。
   て
5. デザインの勉強を始めたいです。
   べんきょう　はじ
6. 有名人と結婚したいです。
   ゆうめいじん　けっこん
7. （省略）
   しょうりゃく

練習 2.
れんしゅう

1. A：あのう、パソコンを買いたいんですが…。
   　　　　　　　　　か
   B：パソコンですか。じゃ、秋葉原がいいですよ。
   　　　　　　　　　　　　あきはばら
2. A：あのう、若い人のファッションを見たいんですが…。
   　　　　わか　ひと　　　　　　　　　　み
   B：若い人のファッションですか。じゃ、原宿がいいですよ。
   　　わか　ひと　　　　　　　　　　　　　はらじゅく
3. A：あのう、おいしいコーヒーを飲みたいんですが…。
   　　　　　　　　　　　　　の
   B：おいしいコーヒーですか。じゃ、公園の前の喫茶店がいいですよ。
   　　　　　　　　　　　　　　　　こうえん　まえ　きっさてん
4. A：あのう、空手を習いたいんですが…。
   　　　　　からて　なら
   B：空手ですか。じゃ、駅の近くの学校がいいですよ。
   　　からて　　　　　えき　ちか　がっこう
5. A：あのう、お祭りの写真をとりたいんですが…。
   　　　　　まつ　しゃしん
   B：お祭りの写真ですか。じゃ、来月の夏祭りがいいですよ。
   　　まつ　しゃしん　　　　　らいげつ　なつまつ
6. A：あのう、京都まで早く行きたいんですが…。
   　　　　　きょうと　はや　い
   B：早くですか。じゃ、新幹線がいいですよ。
   　　はや　　　　　しんかんせん
7. A：あのう、京都まで安く行きたいんですが…。
   　　　　　きょうと　やす　い
   B：安くですか。じゃ、夜行バスがいいですよ。
   　　やす　　　　　やこう

第16課
だい か

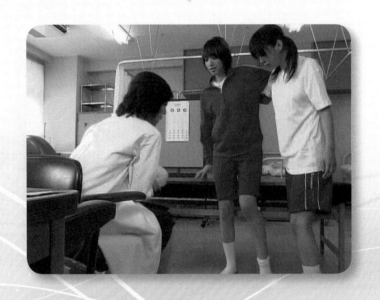

説明する
せつめい

―けが・病気―
びょうき

≪ことばをふやそう！≫「体」「病気」
からだ びょうき

≪これは何？≫
なに

≪やってみよう≫「折り鶴」
お づる

≪見てみよう≫「健康法」
み けんこうほう

≪世界に広がる日本語≫「アメリカ／日本語を使って働いている人」
せかい ひろ にほんご にほんご つか はたら ひと

基本スキット
き ほん
まんが

これは？

びくっ

！！！

なるほど…。
足首をひねった
あしくび
ようね。

とりあえず
しっぷをはって、
様子見ようね。
ようすみ

はい。

あー、先生！
せんせい

私も頭が
わたし　あたま
いたいんですけど、
ちょっと休んで
やす
いいですか？

だめ。

体育、
たいいく
さぼりたい
だけでしょ。

早くもどりなさい。
はや

はーい。

167

基本スキット
きほん

おさらい

ほけんの先生：どうしたの？
せんせい

さき：ころんじゃったんですよ。

ほけんの先生：すわって。
せんせい

どこがいたいの？

エリン：ここがいたいんです。

ほけんの先生：ちょっと動かしてみるね。
せんせい　　　　　うご

これは？

エリン：あまりいたくありません。

ほけんの先生：これは？
せんせい

エリン：！！！

ほけんの先生：なるほど…。
せんせい

足首をひねったようね。
あしくび

とりあえずしっぷをはって、様子見ようね。
ようす み

エリン：はい。

さき：あー、先生！
せんせい

私も頭がいたいんですけど、
わたし　あたま

ちょっと休んでいいですか？
やす

ほけんの先生：だめ。体育、さぼりたいだけでしょ。
せんせい　　　　　たいいく

早くもどりなさい。
はや

さき：はーい。

CAN-DO 表現
ひょうげん

説明する
せつめい

☆ CAN–DO のための大切な表現☆
たいせつ　ひょうげん

ここがいたいんです。

☆ "説明する" 言い方です。
せつめい　い　かた

《な形容詞》や《名詞》は、【ふつう体】の「だ」を「な」にかえて「んです」
けいようし　めいし　たい
をつけます。

《動詞》や《い形容詞》は、【ふつう体】に「んです」をつけます。
どうし　けいようし　たい

《動詞》の【ふつう体】は下のように作ります。
どうし　たい　した　つく

ていねい体 （＝ます形） けい	ふつう体 たい			
	現在 げんざい	現在・否定形 げんざい　ひていけい	過去（＝た形） かこ　けい	過去・否定形 かこ　ひていけい
いいます	いう	いわない	いった	いわなかった
まちます	まつ	またない	まった	またなかった
とります	とる	とらない	とった	とらなかった
いきます	いく	いかない	いった	いかなかった
のみます	のむ	のまない	のんだ	のまなかった
はなします	はなす	はなさない	はなした	はなさなかった
かきます	かく	かかない	かいた	かかなかった
みます	みる	みない	みた	みなかった
たべます	たべる	たべない	たべた	たべなかった
き（来）ます	くる	こない	きた	こなかった
します	する	しない	した	しなかった

（Ⅰ、Ⅱ、Ⅲ のグループ表示）

例１）学校が休みなんです。
れい　がっこう　やす

例２）あした、テストがあるんです。
れい

☆「んです」は、"説明を聞く" 言い方でも使います。
せつめい　き　い　かた　つか

会話では、「の？」や「んだ？」の形も使います。
かいわ　かたち　つか

例１）どうしてパーティーに行かないんですか？
れい　い

例２）どこで買ったの？
れい　か

練習 1.
れんしゅう

例のように答えてください。
れい　　　　　　　　こた

例：「どうしたんですか。」「(頭がいたい)」
れい　　　　　　　　　　　　　　　　あたま

　　→頭が<u>いたいんです</u>。
　　　あたま

1. 「どうしたんですか。」「(おなかがいたいです)」

2. 「どうしたんですか。」「(ねつがあります)」

3. 「どうしたんですか。」「(けがをしました)」

4. 「どうしたんですか。」「(ほねを折りました)」
　　　　　　　　　　　　　　　　　　　　　お

5. 「どうしたんですか。」「(手がかゆいです)」
　　　　　　　　　　　　　　　て

練習 2.
れんしゅう

例のように答えてください。
れい　　　　　　　　こた

例：「元気がありませんね。」(頭がいたい)
れい　　げんき　　　　　　　　　　あたま

　　→頭が<u>いたいんです</u>。
　　　あたま

1. 「ふたが開きませんか。」(とてもかたいです)
　　　　　　あ

　　→

2. 「目が赤いですね。」(花粉症です)
　　　め　あか　　　　　　かふんしょう

　　→

3. 「たくさん漢字を知っていますね。」(漢字が好きです)
　　　　　　　かんじ　し　　　　　　　　　　かんじ　す

　　→

4. 「きれいにかたづけましたね。」(友だちが来ます)
　　　　　　　　　　　　　　　　　とも　　き

　　→

5. 「いい時計ですね。」(誕生日に、父にもらいました)
　　　　とけい　　　　　たんじょうび　ちち

　　→

6. 「足、どうしましたか。」(ころんで、ひねりました)
　　　あし

　　→

いろいろな使い方
つか　かた

❶ 時計店で
とけい てん

店員：いらっしゃいませ。
てんいん

　客：すみません。
きゃく

店員：はい。
てんいん

　客：これ、止まっちゃったんですけど。
きゃく　　と

店員：はい。
てんいん

　　　ちょっとしらべますので、

　　　ちょっとお待ちくださいませ。
　　　　　　　ま

　客：はい。
きゃく

❷ 台所で
だいどころ

　妻：あ、ねえ、これかたいんだけど、
つま

　　　あけてくれる？

　夫：いいよ。
おっと

　　　はい。

　妻：ありがとう。
つま

❸ 会社で
かいしゃ

男の人：う、うーん。
おとこ　ひと

女の人：つかれてるみたいですね。
おんな　ひと

男の人：うん。
おとこ　ひと

　　　　きのう、徹夜だったんです。
　　　　　　　　てつや

女の人：大丈夫ですか？
おんな　ひと　だいじょうぶ

男の人：うん。
おとこ　ひと

171

応用スキット
おうよう

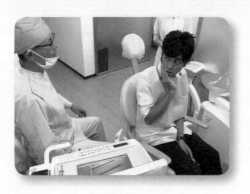

歯医者：今日はどうされました？
はいしゃ きょう

けんた：つめたい物を飲むと、右の奥歯がしみるんです。
もの の みぎ おくば

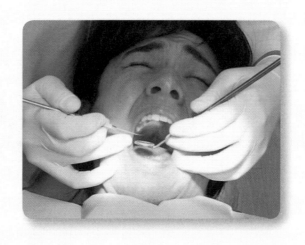

歯医者：はい、じゃあ、口を開けてください。
はいしゃ くち あ

　　　　あー、右上の奥、虫歯になってますね。
みぎうえ おく むしば

けんた：そうですか。

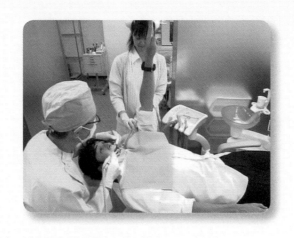

歯医者：はい、じゃあ、少しけずりますよ。
は　いしゃ　　　　　　　　　　すこ
　　　　いたかったら手を上げてください。
　　　　　　　　　　て　　あ

歯医者：…あれ、いたい？
は　いしゃ
　　　　じゃあ、ますいをしましょう。

　　　　ちょっとチクッとしますよ。

けんた：あ、あー、あーあー……。

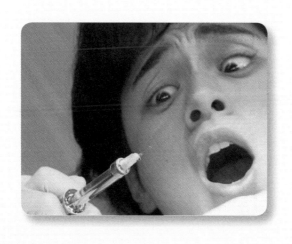

《ことばをふやそう！》

〈体〉
からだ

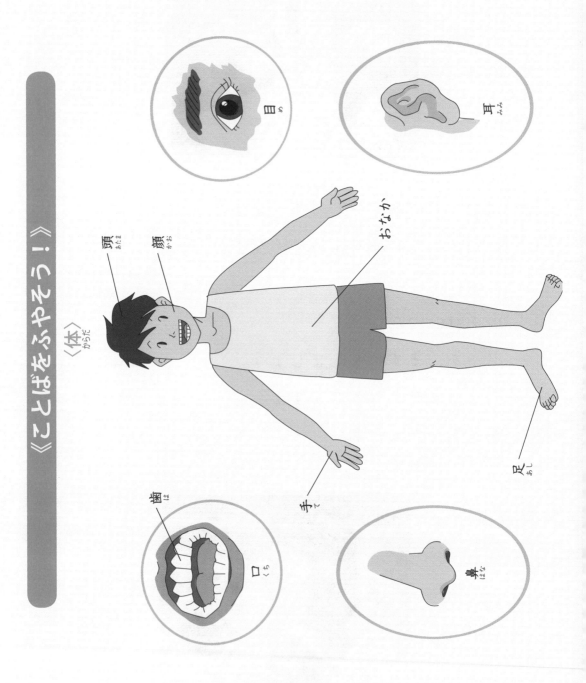

目
め

耳
みみ

頭
あたま

顔
かお

おなか

足
あし

手
て

歯
は

口
くち

鼻
はな

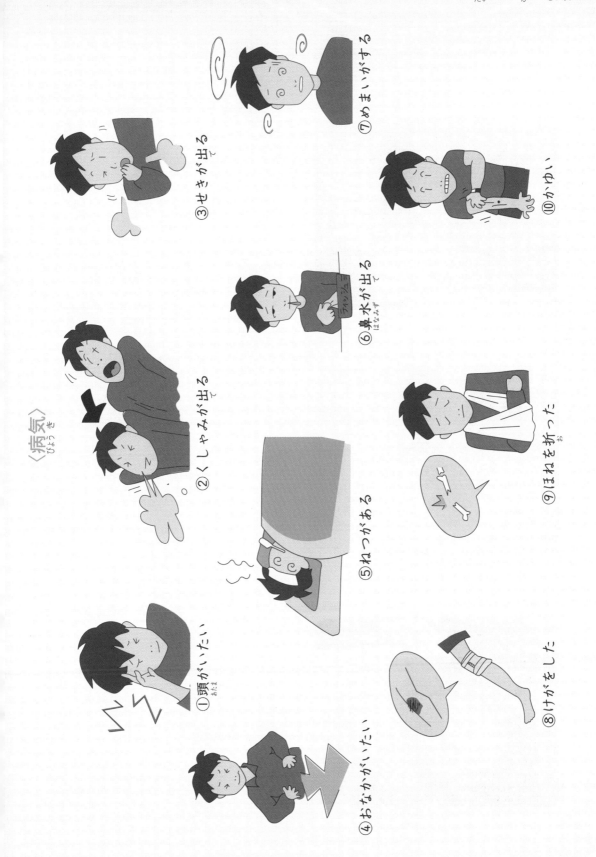

〈病気〉
びょうき

①頭がいたい
あたま

②くしゃみが出る
で

③せきが出る
で

④おなかがいたい

⑤ねつがある

⑥鼻水が出る
はなみず　で

⑦めまいがする

⑧けがをした

⑨ほねを折った
お

⑩かゆい

175

16 説明する
せつめい

これは何？
なに

家の中でおもしろいものを見つけました。
いえ なか み

何でしょうか？
なん

細長いです。
ほそなが

先は、小さいスプーンです。
さき ちい

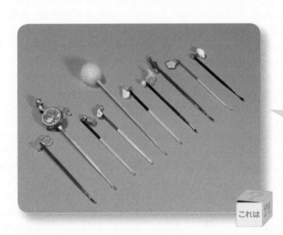

いろいろなしゅるいが
あります。

耳かき！
みみ

これで、耳をそうじします。
みみ

やってみよう

「折り鶴」
おづる

ナレーション：今日は折り鶴を折ってみましょう。
きょう　おづる　お

折り紙で、鶴を作ります。
おがみ　　つる　つく

鶴が空をとんでいる形です。
つる　そら　　　　　かたち

折り方を教えてくれるのは、
お　かた　おし

藤本祐子さんです。
ふじもとゆうこ

ナレーション：まず、お手本を見せてもらいます。
てほん　み

先生：この折り鶴は、１枚の紙でできてます。
せんせい　　おづる　　まい　かみ

最初ずれちゃうと、かっこいい形の鶴ができません。
さいしょ　　　　　　　　　　　　かたち　つる

最初きっちり合わせて折ってください。
さいしょ　　　　あ　　お

ふくろのとこ、開いて、さっきつけた折り目を反対側に
ひら　　　　　　　　　おめ　はんたいがわ

つける感じで、折り目にそって、のばします。
かん　　お　め

177

先生：いっぱいいっぱいのところを、グーッと持ち上げます。
せんせい　　　　　　　　　　　　　　　　　　　　　　　　　　　も　あ

　　　だいたい羽の線のところぐらいまで。
　　　　　　はね　せん

ナレーション：折り鶴のかんせいです。
　　　　　　　お　づる

みんな：おー。

ナレーション：みんなも折り鶴を折ってみよう！
　　　　　　　　お　づる　お

　　　　　　きれいに折れてますねえ。
　　　　　　　　　お

先生：こっちを折ってください。
せんせい　　　　お

ナレーション：真剣です。
　　　　　　　しんけん

先生：ここ、むずかしいところですね。
せんせい

　　　できてる。

　　　シェイカはできてる。

学生1：つづきがわかりません。
がくせい

　先生：はい。
せんせい

　　　　しっぽは折らない。
　　　　　　　　お

　　　　しっぽはまっすぐ。

　　　　このついてる線を…。
　　　　　　　　　　せん

ナレーション：もう少しです。
　　　　　　　　　すこ

　　　　先生：うらがえして…。
　　　　せんせい

　学生2：先生、できました。
　がくせい　せんせい

　先生：はい。
せんせい

　学生2：これは1回目、2回目、3回目。
　がくせい　　　　かいめ　　　かいめ　　　かいめ

　先生：だんだん上手になってますね。
せんせい　　　　　じょうず

　　　　すごくきれい。

ナレーション：本当に1つ1つじょうずになりましたねえ。
　　　　　　　ほんとう　ひと　ひと

　　　　　こんな鶴や、こんな鶴もできました。
　　　　　　　　つる　　　　　　つる

　みんな：折り鶴できました。
　　　　　お　づる

見てみよう
み

「健康法」
けんこうほう

ホニゴン：いろいろな人たちが健康のために、
ひと　　　　けんこう

運動したり、工夫したりしているねえ。
うんどう　　　　く ふう

今日は日本の健康法。
きょう　　にほん　　けんこうほう

だれでもかんたんにできるものを紹介しよう。
しょうかい

エリン：はい。

ホニゴン：まず、これを見てみよう。
み

子どもたち：こんにちは！
こ

エリン：ここは幼稚園ですね。
ようちえん

ホニゴン：そう。

この幼稚園では、日本のむかしからの健康法をやって
ようちえん　　　にほん　　　　　　　　　　けんこうほう
いるよ。

エリン：あれ、みんな、どこへ行くんですか。
い

子どもたち：いち、に、さん。
こ

に、に、さん。……。

エリン：大きい声。
おお　　こえ

ホニゴン：ここは、幼稚園のにわだよ。
ようちえん

エリン：何をしているのかなあ。
なに

先生と子どもたち：いち、に、さん。に、に、さん。
せんせい　こ

さん、に、さん。よん、に、さん。

ご、に、さん。

いち、に、さん。……。

ホニゴン：これは乾布摩擦。
　　　　　　　　かんぷ　まさつ

　　　　　　タオルやぬので体をこするんだ。
　　　　　　　　　　　　　　からだ

　エリン：へえー。

　　　　　　寒くないんですか？
　　　　　　さむ

ホニゴン：うーん、今の気温は10度くらいだねえ。
　　　　　　　　　いま　きおん　　　　ど

　エリン：でも、みんな元気ですね。
　　　　　　　　　　　　げんき

先生と子どもたち：…さん。
せんせい　こ

　　　　　　さん、に、さん。

　　　　　　よん、に、さん…。

　　先生：体をこすることによって、とてもあったかくなりますし、
　　せんせい　からだ

　　　　　　ひふもじょうぶになるので、かぜをひかない体になると
　　　　　　　　　　　　　　　　　　　　　　　　　　　　　からだ

　　　　　　思います。
　　　　　　おも

子ども1：寒くない。
こ　　　　さむ

子ども2：寒くない。
こ　　　　さむ

子ども3：寒くないっていうか。
こ　　　　さむ

子ども4：暑い。
こ　　　　あつ

リポーター：暑いの。
　　　　　　あつ

　エリン：なるほど。

ホニゴン：じゃあ、もう1つ、ほかの健康法を見てみよう。
　　　　　　　　　　ひと　　　　　けんこうほう　み

　エリン：あ、こんばんは。

　池山：こんばんは。
　いけやま

ホニゴン：今度は、池山珠子さんの健康法を紹介するよ。
　　　　　　こんど　　いけやまたまこ　　　けんこうほう　しょうかい

　池山：私の健康法はこれです。
　いけやま　わたし　けんこうほう

　エリン：これは何ですか？
　　　　　　　　なん

181

ホニゴン：これは青竹。竹で作った道具だよ。
あおだけ たけ つく どうぐ

使い方はかんたん。この竹の上で
つか かた たけ うえ

足ぶみをするんだ。
あし

エリン：それだけですか？

ホニゴン：そう。

池山さんは中学生のとき、この青竹ふみを始めました。
いけやま ちゅうがくせい あおだけ はじ

池山：高校受験の15歳ぐらいのときにつくえにむかうことが
いけやま こうこうじゅけん さい

多くて、で、かたこったり、で、それが、こうなんとか
おお

ならないかなあと思って、青竹を始めたのがきっかけ。
おも あおたけ はじ

体全体のつかれがとれて、リラックスできるのがいい
からだぜんたい

ところですね。

ホニゴン：毎日15分ぐらい、ひまな時間を見つけて、
まいにち ふん じかん み

つづけています。

エリン：へえー、いろいろなふみ方があるんですね。
かた

池山：あー、気持ちいい。
いけやま き も

いてて。あ、いてて。いててて。

エリン：あれ、大丈夫ですか？
だいじょうぶ

池山：ちょっといたいぐらいは気持ちいいんですよ。
いけやま き も

「いたきもちいい」っていうか…。

エリン：へえー、おもしろい。

ホニゴン：日本の健康法、どうでしたか？
にほん けんこうほう

みなさんもぜひやってみてください。

エリン：はい。私も挑戦してみます。
わたし ちょうせん

世界に広がる日本語
せかい　ひろ　　　にほんご

「アメリカ／日本語を使って働いている人」
にほんご　つか　はたら　　　　　ひと

ナレーション：ここはアメリカ、ニューヨークです。

国際都市ニューヨークでは、日本の文化もたくさん
こくさいとし　　　　　　　　　　　にほん　ぶんか

取り入れられています。
と　い

ここは、アメリカと日本をむすぶ財団の1つです。
　　　　　　　にほん　　　　　　ざいだん　ひと

ここに日本語を話すアメリカ人女性がいます。
にほんご　はな　　　　　じんじょせい

エリザベス・ゴードンさんです。

エリザベス：はい。

ゆうこさん。

はいはい。どうも。エリザベスです。

ナレーション：エリザベスさんは、日本とアメリカの交流のために、
にほん　　　　　　こうりゅう

さまざまな行事を計画して、おこなっています。
ぎょうじ　けいかく

エリザベス：この仕事、大好きです。
しごと　だいす

1年に3回ぐらい日本に行って、日本語を使（える）う
ねん　かい　　　にほん　い　　　にほんご　つか

ことができます。
が

183

ナレーション：エリザベスさんは、今の仕事の前に２年間、日本で英語を
いま　しごと　まえ　ねんかん　にほん　えいご
教えていました。
おし

エリザベス：小学校と中学校で英語を教えました。
しょうがっこう　ちゅうがっこう　えいご　おし

これは、アメリカに帰る前に生徒たちからもらいました。
かえ　まえ　せいと

ナレーション：ふだんの仕事でも、日本語をよく使います。
しごと　にほんご　つか

女の人：日本語の新聞の方も、来ているので。
おんな ひと　にほんご　しんぶん　ほう　き

エリザベス：あー、ちょっと、むずかしすぎると思います。
おも

漢字、むずかしい。
かんじ

女の人：漢字、むずかしい？
おんな ひと　かんじ

ナレーション：エリザベスさんが今、一番関心を
いま　いちばんかんしん
持っているのは、漢字です。
も　かんじ

エリザベス：漢字、必要だと思います。
かんじ　ひつよう　おも

新聞を読むために、うん、習いたい。
しんぶん　よ　なら

ナレーション：エリザベスさんの家で、漢字の練習をしたノートを見せて
いえ　かんじ　れんしゅう　み
もらいました。

漢字のことばを40回以上書くそうです。
かんじ　かい いじょう か

エリザベス：これ、１年間ぐらいだと思います。
ねんかん

何回も何回も書いておぼえます。
なんかい　なんかい　か

ナレーション：週末、カフェで日本人の友だちに会うエリザベスさん。
しゅうまつ　にほんじん　とも　あ

ここでも漢字の話をしています。
かんじ　はなし

エリザベス：なわ…

友だち：縄…
とも　　なわ

エリザベス：縄飛び。縄跳び。
　　　　　なわと　なわと

　　　　　漢字、おもしろい。
　　　　　かんじ

友だち：漢字自体が持っている意味が
とも　　かんじ じたい　も　　　　　いみ

エリザベス：はい。

友だち：わかるようになったら、
とも

エリザベス：はい。

友だち：日本語がもっとかんたんになると思います。
とも　　にほんご　　　　　　　　　　　　おも

エリザベス：ん、はい、はい。

　　　　　ちょっと、あー、この単語わからないけど、この漢字は
　　　　　　　　　　　　　　　たんご　　　　　　　　　　かんじ

　　　　　この意味かな、とか。
　　　　　　　いみ

友だち：そうそうそうそう。そういうこと。
とも

エリザベス：そんなことです。

ナレーション：最後に、好きな日本語を教えてもらいました。
　　　　　　さいご　す　　にほんご　おし

エリザベス：「千里の道も一歩から」
　　　　　　せんり　みち　いっぽ

　　　　　このことばは私が、んー、一番はじめに習った日本語で、
　　　　　　　　　　わたし　　　いちばん　　　なら　　にほんご

　　　　　今でも、その日本語の道を歩いています。
　　　　　いま　　　　にほんご　みち　ある

☆ CAN-DO のための大切な表現 ☆練習の答え
たいせつ　ひょうげん　れんしゅう　こた

練習 1.
れんしゅう

1. おなかが<u>いたい</u>んです。

2. ねつが<u>ある</u>んです。

3. けがを<u>した</u>んです。

4. ほねを<u>折った</u>んです。
　　　　　お

5. 手が<u>かゆい</u>んです。
　て

練習 2.
れんしゅう

1. とても<u>かたい</u>んです。

2. <u>花粉症</u>なんです。
　　かふんしょう

3. 漢字が<u>好き</u>なんです。
　かんじ　す

4. 友だちが<u>来る</u>んです。
　とも　　　く

5. 誕生日に、父に<u>もらった</u>んです。
　たんじょうび　ちち

6. ころんで、<u>ひねった</u>んです。

DVDで学ぶ日本語

艾琳
挑戰！

我會說日語
にほんごできます。

附 録

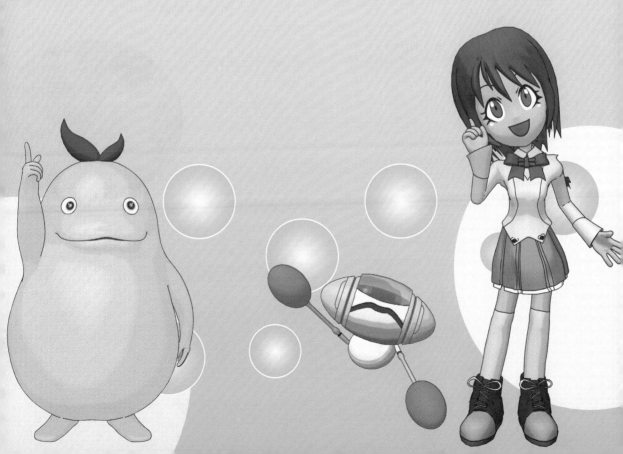

基礎短劇（p.20）

咲：啊，正在練習呢。

艾琳：……真厲害啊。

艾琳：那是在做什麼呢？

咲：練習護身倒法。

　　也就是練習怎麼安全倒地。

艾琳：安全倒地……。

柔道老師：開始！

艾琳：那個人……真高大啊。

咲：真的耶，看起來很強……。

艾琳：真厲害。

　　那個人安全倒地了！

咲：艾琳！

　　那不是在練習護身倒法啦。

應用短劇（p.24 ～ 25）

咲：喂？喔，是媽媽啊？

　　現在？我們在健身房。

　　姊姊？

　　姊姊在跑步呢。

　　嗯。很快就要回家了。

咲：姊姊。

　　媽媽叫妳不要太勉強。

茜：妳還真游刃有餘啊……。

咲：我還年輕嘛。

　　對了，

　　媽媽還說晚餐是姊姊喜歡的咖哩呢！

茜：咖哩！？

　　咖哩的熱量要再跑幾分鐘才能消耗掉

　　啊……？

咲：加油吧，姊姊！

各種運用方式（p.23）

① 在電影院

客人：請問。已經開演了嗎？

櫃檯人員：是的。現在正在播映 14 點的場次。
下一個場次是 17 點開始。

客人：那麼，請給我 1 張 17 點的。

櫃檯人員：好的。明白了。

② 天氣預報

氣象預報員：巨大的強颱現在正位於太平洋上
緩慢地向北移動。

③ 在動物園

媽媽：啊，現在吞下去了。
你看，大象在吃飯呢。

小孩：真的耶。

媽媽：會長大喔，一定。

小孩：大便……啪！

媽媽：……大便。

試一試「插花」（p.29～31）

旁白：今天我們來學插花。
插花是日本的傳統文化之一。

老師：請你們像這樣，啪、啪地剪。

旁白：今天的老師是小澤清香女士。
要準備的東西有剪刀和劍山，
還有插花的花器。
先把劍山放到花器裡。
然後倒水。

老師：那麼開始來插花。
把樹枝浸在水裡，斜著剪。
牢牢地插在劍山上。
然後，請稍微傾斜一邊。

旁白：首先，用 3 枝樹枝和花決定好整體雛形。
接著再插上其他花朵和葉子。

老師：請大家試試自己隨意地插花。

旁白：那麼，我們來試試看吧！

女性：好難，這個。

男性 1：哎呀。

男性 2：是的，我想要插點漂亮的出來。

老師：漂亮的？對。

男性 2：好了。

　老師：把劍山遮起來吧。

　旁白：用短葉子把劍山遮起來。

　老師：對、對。啊，可以了。

　　　　這樣一用怎麼樣？

　　　　感覺很不錯吧。

男性 2：氛圍變得很棒。

　老師：我覺得很雄偉。

　旁白：做得很漂亮呢。

　女性：你覺得怎麼樣？

　　　　嗯，果然很有趣。

　　　　從現在開始我還想再多學一點。

　旁白：大家完成的插花千姿百態。

　　　　真是各有千秋呢。

看一看「各種才藝」（p.32 ～ 35）

霍尼哥：今天，我們來看看各種才藝吧！

霍尼哥：首先是鋼琴教室。

　艾琳：好的。

霍尼哥：鋼琴很受歡迎，有很多人在學。

　學生：你好。

　學生：請多指教。

　老師：你好。好。

霍尼哥：這是個別教學呢。

　老師：那麼，整首曲子先彈一遍吧。

　老師：像這裡的斷音，再試著彈出一點節奏。

　學生：好。

　艾琳：彈得真好。

　　　　請問，妳學幾年了？

　學生：14 年了。

　　　　從我懂事開始就在彈鋼琴。

霍尼哥：接下來是劍道。

　艾琳：外面的天色好暗。

霍尼哥：沒錯。

　　　　平常都是傍晚或晚上開始練習。

　艾琳：有各個年齡的人。

　學生：向老師，敬禮！

　老師：開始！

　　　　一！

學生們：面！

老師：二！

學生們：面！

老師：好，三！

學生們：面！

艾琳：你為什麼開始學劍道？

學生：因為周遭的朋友看起來學得很開心。

艾琳：這是什麼？

霍尼哥：這是護具。

是用來保護身體的。

艾琳：哇，好帥啊！

老師：開始！

學生們：啊！

霍尼哥：幹勁十足呢。

學生們：啊！啊！……。

學生：胴！

老師：胴，有效！

老師：好。

學生：坐正！

取下頭套。

艾琳：汗流浹背呢。

學生：向老師，敬禮！

霍尼哥：大家好拚。

霍尼哥：最後是日本舞蹈。

學生：你好。

艾琳：哇，是穿著和服練習啊。

學生：老師，請多關照。

老師：好，抬頭。

取扇子。

維持……。

向前看……。

脖子……。

艾琳：好優美。

霍尼哥：對呀。

老師：向下，要遮起來。手。

對。

臉的上邊。

打開。

左手，軸心，滑行。

嘴角。

霍尼哥：妳覺得學日本舞蹈的好處在哪裡？

學生：能學習到禮節。

學生：謝謝老師。

艾琳：大家都很努力呢。

霍尼哥：對呀。大家一定都會學得更好。

遍及世界的日語

「印尼／運用日語的工作者」（p.36～37）

旁白：這裡是印尼的峇里島。

峇里島有很多來自世界各地的眾多觀光客。

日本人1年裡大約也有30萬人次到訪。

這邊是峇里島的柔道場。

柔道老師：開始！

旁白：每週星期天人們都會聚集在此練習。

這裡實力最強的是這位哈魯巴努・哈魯瑪旺先生。

從15歲開始的13年間都在道場學習。

哈魯巴努先生開始學柔道後，也對日本的語言和文化感興趣。

哈魯巴努：因為柔道裡會用到很多日語，所以也是一種日語學習。

旁白：這裡是峇里島的中心，位於丹帕沙的桑拉國立醫院。

居住在峇里島的外國人或觀光客多會來訪。

哈魯巴努先生是這間醫院的醫生。

1年前開始在這間醫院工作。

哈魯巴努：怎麼了嗎？

患者：頭很重，這裡很酸痛。

哈魯巴努：噢，肩膀、肩膀，肩膀會痛嗎？

患者：肩膀很痛。

哈魯巴努：一般，血壓……。

旁白：今天來了日本病患。

哈魯巴努先生對日本病患會用日語看診。

哈魯巴努：我希望日本病患能放心在國外接受治療。

哈魯巴努：這裡是我自己住的家。

旁白：哈魯巴努先生的興趣不僅有柔道，還有看電影、閱讀。

特別喜歡日本電影和漫畫。

哈魯巴努：我是透過電影和漫畫學日語。

尤其喜歡黑澤明。

旁白：最後請告訴我們你最喜歡的日語。

哈魯巴努：我最喜歡的日語是「加油」。

我會努力學習日語！

基礎短劇（p.42）

店員：那件現在是我們店裡的熱賣商品呢。

艾琳：啊，這件有點……。

店員：那這種的如何？

　　　很容易和各式衣服搭配喔。

艾琳：我可以試穿嗎？

店員：可以。

　　　這邊請。

　　　請在這裡試。

　　惠：艾琳，怎麼樣？

艾琳：是……。

　　惠：好可愛喔！

咲、
　　：啊！
艾琳

　咲：一樣的！

應用短劇（p.46～47）

　　惠：可以去那邊看一下嗎？

　　咲：男性服飾嗎？

　　惠：嗯。

　　咲：該不會是要買禮物吧？

　　惠：嗯，差不多。

　　咲：咦～，送誰送誰？

　　惠：……折原同學。

　　咲：咦！什麼，你們在交往嗎？

　　惠：沒有沒有。

　　　前陣子他開演唱會有邀請我，

　　　之後的慶功宴也帶我去了，

　　　所以買個禮物謝謝他。

　　咲：喔～。

　　　折原同學喜歡小惠妳吧？

　　惠：我就說沒那回事了。

　　　其他女生也有來啊。

　　咲：是嗎。

　　　姑且不說邀妳去看演唱會，

　　　一般來說會連慶功宴都帶去嗎？

　　惠：嗯……。

　　　欸，我們也去一下那邊……。

　　咲：去看吧！

　　　小惠，我會為妳加油的。

　　惠：我不是說沒那回事了嗎！

各種運用方式（p.45）

① 在辦公室

後輩：不好意思。

前輩：什麼事？

後輩：可以借一下計算機嗎？

前輩：可以呀。

後輩：謝謝。

② 在試吃櫃

店員：鯛魚、是鯛魚喔。

　　　歡迎光臨。

　　　請用。請來試吃喔。

　　　來吧，歡迎光臨。

小孩：可以吃嗎？

店員：當然。請試吃。

媽媽：怎麼樣？

小孩：好吃。

③ 在餐廳

男人：給妳，生日快樂。

女人：謝謝！

　　　可以打開嗎？

男人：請。

女人：哇，好可愛。

　　　謝謝。

　　　很可愛呢。

④ 在家裡

丈夫：那個，我說，可以在這邊吸一根嗎？

妻子：不行！去那邊！

試一試「指甲彩繪」（p.51～53）

旁白：現在，指甲彩繪在日本年輕女性之間

　　　很受歡迎。

　　　今天的老師是美甲師井口美乃小姐。

　　　請她教我們指甲彩繪。

老師：大家盡力試試看吧。

　　　好。

大家：我會努力的。

老師：我會努力的。

旁白：首先，來貼上美甲貼紙吧。

　　　貼紙的款式有很多種。

　　　用鑷子把貼紙貼在指甲上。

老師：對。嗯。

女性 1：要貼哪……裡？

老師：貼在那裡。對。

　　　像是這種感覺。

旁白：貼在自己喜歡的地方吧。

老師：嗯，很可愛。

　　　貼上這個。對、對。

　　　沒問題，剛剛好。

　　　我覺得很好。

　　　很可愛。

　　　很漂亮。

旁白：接著，來貼上水鑽吧。

　　　水鑽的顏色或款式也有很多種。

　　　塗上護甲油，再放上水鑽。

老師：變成勺子了。

大家：勺子呢。

老師：來。

女性1：哎呀……。

老師：加油。

旁白：配好美甲貼紙和水鑽來裝飾一番吧。

老師：好。

　　　還能再放1個喔。

　　　做得很好！閃閃發光呢。

旁白：大家都完成了。

女性2：真的很好玩。

女性1：我最喜歡這個。

女性3：粉紅色的愛心、水鑽的愛心是重點。

老師：那麼，請大家務必也在家裡挑戰一下。

女性2：好的。

 看一看「原宿」（p.54～55）

霍尼哥：今天來看看，日本年輕人喜愛的

　　　　街道「原宿」吧。

艾琳：好的。

霍尼哥：這裡是竹下通。

　　　　離原宿站很近。

艾琳：哇，人山人海。

霍尼哥：假日會有很多年輕人來購物。

　　　　有很多賣飾品或服飾等等的店家。

艾琳：好便宜。

　　　好可愛！

霍尼哥：是呀。

　　　　原宿裡有很多既便宜又可愛的店。

艾琳：哦～真好。

霍尼哥：還有，原宿著名的美食是？

艾琳：咦？是什麼？

霍尼哥：是可麗餅！

　　　　非常受歡迎喔。

霍尼哥：這群女孩子是為了展示自己的時尚穿搭
　　　　而聚在一起。
　　　　來聽聽看她們的時尚重點吧。

女孩 1：今天的時尚重點是「骷髏」。

艾琳：真的耶。

霍尼哥：這位女孩是角色扮演吧？

女孩 2：我模擬電影《剪刀手愛德華》的剪刀，
　　　　把一般的剪刀分解開來裝在手上。

艾琳：其他還有許多各種時尚穿搭的人們呢。

霍尼哥：大家可以在原宿盡情地享受個人
　　　　時尚呢。

艾琳：我也要去看看。

遍及世界的日語

「肯亞／運用日語的工作者」（p.56 ～ 57）

旁白：這裡是肯亞。
　　　最受到這個國家觀光客歡迎的是遊獵
　　　旅行。
　　　置身在非洲的大自然裡，能遇見各種野
　　　生動物。

旁白：這位是日語導遊史帝夫先生。
　　　是擁有 14 年經驗的資深導遊。

史帝夫：啊嗚、啊嗚的叫聲，聽得見吧？
　　　　那是鬣狗。
　　　　而且鬣狗有時候也會發出笑聲喔。

旁白：史帝夫先生任職的公司在奈洛比
　　　市內。
　　　也跟日本職員一起共事。

公司
人員：那個，赤道的證明書要多少錢？

史帝夫：赤道的證明書，我想大約要 300 先令。

公司
人員：1 位？

史帝夫：是。1 位。

史帝夫：遊獵大約是早上和傍晚的 2 小時，為
　　　　觀賞動物的最佳時間。
　　　　史帝夫先生的工作也是從日出前開始。
　　　　發現了大象。

史帝夫：大象，請朝吉力馬札羅山的方向看。
　　　　有在聽嗎？
　　　　大家都以為長頸鹿是站著睡，但是
　　　　腳都是成這樣子，脖子也是這樣子
　　　　坐著睡。

旁白：史帝夫先生是受到曾在旅行社工作的親
　　　戚影響而開始學日語。
　　　利用錄音帶和日語教科書自學日語。
　　　史帝夫先生很重視和日本客人一起渡過
　　　的時間。
　　　也會收到回國的客人寄來的感謝信。

史帝夫：去遊獵 1 個星期左右，回到日本，不管
　　　　是那之後收到信，或是那種回覆……。
　　　　我都會十分期待。

旁白：請這樣的史帝夫先生告訴我們他最喜歡
　　　的日語。

史帝夫：我喜歡的詞彙是「心」。
　　　　那是因為日本人很和善，由心出發與人
　　　　相處。

基礎短劇（p.62）

父親：喔～，氣氛不錯嘛。

母親：真的耶。

母親：艾琳，吃飯前我們先去泡溫泉吧。

艾琳：先泡溫泉再吃飯嗎？

母親：對。

泡完溫泉再去吃飯，

然後再去泡溫泉，之後再睡覺。

艾琳：要泡兩次嗎？

父親：明天早上也要去泡吧？

母親：當然囉。

艾琳：咦！早上也要泡？

母親：這才叫泡溫泉。

好了，快換上浴衣走吧。

母親：真舒服。

艾琳，露天浴池怎麼樣？

艾琳：嗯。非常舒服。

應用短劇（p.66～67）

父親：啊，這裡有桌球呢。

艾琳，妳打過桌球嗎？

艾琳：有打過。

父親：好，那我們來小比一場。

母親：現在打嗎？

要不要洗完澡再打？

父親：那樣的話不就又會出汗了嗎。

出汗之後再去泡溫泉。

母親：真是……，話說出口就不聽勸了。

抱歉，艾琳，妳就稍微陪他打一會吧。

艾琳：好的。

艾琳：……。

母親：艾琳贏了！

父親：好了，去泡溫泉吧！

母親：真是的，有夠任性！

艾琳，走吧。

艾琳：好的。

各種運用方式（p.65）

① 在電影院前

女性：久等了。

　　　等很久了嗎？

男性：沒有。

　　　怎麼辦？

　　　還有時間，要先去喝個茶再進去嗎？

女性：嗯。我想喝咖啡。

男性：那麼，走吧。

② 在家裡

媽媽：百合，已經是睡覺時間囉。

孩子：好。

媽媽：先好好刷牙之後再睡覺喔。

孩子：好。

③ 在火鍋店

店員：打擾了。

　　　這個，請先放入蔬菜之後再放肉。

　　　請按照您的喜好，沾芝麻醬或橙醋

　　　醬吃。

客人：好的。

店員：失禮了。

試一試「穿浴衣」（p.71～73）

旁白：浴衣是夏天的和服。

　　　會穿去看煙火或逛祭典。

　　　今天來試試穿浴衣吧。

　　　老師是笹島壽美女士。

老師：請多指教。

旁白：要準備的東西是浴衣，以及腰帶和繫繩等。

　　　那麼，請看示範。

老師：在把手向前伸直的位置拿起衣領。

旁白：拿著右邊的衣領，合在左邊的腰上。

　　　從外面把左邊的合上去。

　　　女人和男人都一樣。

旁白：接下來，綁腰部的繫繩。

　　　然後，綁胸部的繫繩。

　　　之後綁腰帶。

旁白：腰帶先在身體前面繫好，再轉到後面。

　　　最後放進帶板。

　　　完成了。

老師：這就是浴衣的穿法。試試看吧？好嗎。

大家：好。

旁白：那麼，來穿穿看吧！

老師：把右邊的和服穿在裡面，對齊和服的左邊。

　　　繫繩先在後面繞一圈。

　　　在腰的後面繫好。

　　　請把這邊的皺褶拉平。

對，用那個把那邊緊緊綁好。

把它攤開……。

女性 1：像這個多出來的是什麼？

老師：嗯，腰帶多出來的也是蝴蝶結的一種
造型。

女性 1：怎麼弄？

老師：嗯～，像這樣子讓它下垂，也很漂亮
對吧？

妳看，照鏡子看看。

對吧！

老師：怎麼樣？

女性 1：很涼快，很舒服。

以後我就能這樣去祭典了。

女性 2：穿好了，很高興。

旁白：腰帶也打得很漂亮。

非常適合呢。

大家務必也來穿看看浴衣吧。

「溫泉旅館」（p.74～75）

霍尼哥：今天我們來看看溫泉旅館吧。

旅館
人員：歡迎光臨。

讓我為您介紹。

艾琳：好有禮貌的問候呀。

霍尼哥：今天的房間是和室喔。

到了房間，旅館的人就會幫忙倒茶。

艾琳：也有點心呢。

旅館
人員：請您好好放鬆休息。

失禮了。

霍尼哥：這裡是浴池。

艾琳：哇，好寬敞。

也有露天浴池呢。

霍尼哥：泡完溫泉，穿上浴衣到鎮上散步吧。

艾琳：雞蛋？

霍尼哥：是用溫泉煮的蛋喔。

艾琳：哦～！

霍尼哥：來，吃晚餐囉！

艾琳：哇！好豐盛！

霍尼哥：嗯～，看起來很好吃。

霍尼哥：晚上在日式床舖上睡覺。

旅館的人會幫忙鋪好。

旅館
人員：讓您久等了。

那麼請您好好休息。

艾琳：晚安！

遍及世界的日語

「肯亞／學習日語的專科生」（p.76 ～ 79）

旁白：這裡是肯亞。

在肯亞有來自全世界的許多觀光客。

來自日本的觀光客 1 年也有約 1 萬人。

旁白：在奈洛比郊外有觀光的專科學校。

有導遊或飯店管理等 9 種課程。

學校裡也有飯店。

在這裡，要一邊工作一邊學習。

然後也要學外語。

現在每 500 名學生就有 100 名在學日語。

學生 1：那邊是馬賽族的村子。

學生 2：啊，這樣啊。

學生 1：……我喜歡。

學生 3：可以拍照嗎？

學生 1：可以拍。

學生 3：謝謝。

旁白：在日語課程，會練習筷子的使用方式、體驗日本茶的味道等，語言和文化同時學習。

老師：那個，語言和文化是不可分的。

所以，那個，教了語言的話，那個，文化也是非常必須的。

旁白：學生每年都自己製作肯亞的導覽手冊。

這裡的學生會在導覽手冊裡介紹肯亞的土產。

向店員請教人氣的土產。

回到學校，馬上就畫下土產的圖畫。

然後以日語加上說明。

學生 2：「カ」是這樣。

學生 1：片假名的「カ」？

學生們：成功了！

旁白：土產的介紹完成了。

學生：馬賽族在肯亞最有名。

馬賽族穿紅色的衣服。

旁白：接下來的 1 年內，逐步製作肯亞的導覽手冊。

向想要將肯亞的魅力傳達給許多人的三位，請教了喜歡的日語。

學生們：我們喜歡的日語是「とうもろこし（玉米）」。

學生 2：肯亞的主食是烏咖哩。

是用玉米做的。

旁白：這個就是烏咖哩。

和肉及蔬菜一起食用。

學生 1：如何？

學生 2：嗯，好吃呢。

學生 1：烏咖哩和蔬菜很好吃。

學生 2：嗯，好吃。

學生 1：嗯。

基礎短劇（p.84）

咲：艾琳！

咲：怎麼了？

艾琳：請問……我可以參觀妳的社團活
　　　動嗎？

咲：嗯，可以是可以……，
　　艾琳，跟我說「可以參觀嗎？」就
　　行了。

艾琳：可以參觀嗎？

咲：嗯。

學姊：小咲！

咲：啊，學姊！

學姊：來參觀的人嗎？

艾琳：是的。

學姊：要不要進去看看？

艾琳：可以參觀嗎？

咲：艾琳！不行啦。對學姊要說「請問可以
　　參觀嗎」。

艾琳：請問可以參觀嗎？

學姊：請。

艾琳：嗯。日語真難啊。

咲：所以……我不是說了嗎，跟我說話
　　不用那麼禮貌！

應用短劇（p.89）

健太：哎，累死了。有水嗎？水。

同學：給你。

健太：呼。一年級生真努力啊。
　　　空揮練習隨便打打就行了吧……。

學長：林！

健太：啊，學長。

學長：林，你正在偷懶的話，就給我好好去
　　　教教那些一年級生。

健太：是！

學長：網球的基礎就在於空揮練習。

健太：是，我知道了。
　　　基礎就在於空揮練習，對吧？

健太：喂，我告訴你們，網球的基礎就在於
　　　空揮練習。
　　　預備。一！二！
　　　三！四！五！
　　　六！七！八！……。

各種運用方式（p.87～88）

① 拍紀念照時

女性1：要照了喔。來，笑一個。

　　　　欸，這次換幫我拍。

女性2：好啊。咦，直的比較好？

女性1：嗯。拍直的。

女性2：來，笑一個。這次請人幫我們2人一起

　　　　拍嘛。

女性1：嗯。

女性2：不好意思。請幫我們拍照。謝謝。

② 在卡拉 OK 店

店員：歡迎光臨。

客人1：請問。要等很久嗎？

店員：不。大約10分鐘就能幫您帶位。

客人2：要等很久嗎？

客人1：不。她說大約10分鐘。

店員：2位對吧。請跟我來。

③ 講手機時

女性：喂，啊，好久不見。

　　　嗯。你好嗎？

　　　現在在做什麼？

　　　嗯。嗯。

　　　等一下喔。好像有插撥。

　　　老師。

　　　好久不見了。

　　　您身體好嗎？

　　　是的。

　　　我很好。

　　　是的。

　　　謝謝您。

試一試「啦啦隊」（p.93～95）

旁白：很多的高中都有啦啦隊。

　　　在運動比賽時和觀眾一起為選手加油。

　　　今天來試試啦啦隊的練習吧。

　　　指導練習的老師，是這個啦啦隊的隊

　　　員們。

啦啦隊：啊，嘿咻！

學生們：你好。

　　　　你好。

啦啦隊：你好！

　　　　你好！

學生
（克莉絲）：好厲害！

學生
（賽門）：哇喔！

旁白：啦啦隊的最基礎就是問候。

　　　要用很大的聲音說「押忍（你好）」。

啦啦隊：請跟著我說「押忍（你好）」。

　　　　你好！

學生們：你好。

啦啦隊：再大聲一點。

　　　　你好！

學生們：你好！

啦啦隊：你好！

學生們：你好！

旁白：那麼，來看看加油的示範吧。

啦啦隊：加油！加油！三高！
　　　　那麼。開始。
　　　　加油！加油！三高！
　　　　加油！加油！三高！

旁白：首先學習拍手。

學生們：加油！加油！三高！
　　　　加油！加油！三高！
　　　　加油！加油！三高！

學生
（亞雷克斯）：好紅耶，紅紅的。
　　　　真的好紅。

旁白：接下來學習加油的形式。
　　　多練習幾次，記住動作。

學生
（亞雷克斯）：加油！加油！

啦啦隊：把手再舉高一點。
　　　　迅速地。
　　　　迅速地。

學生
（賽門）：絕對會肌肉酸痛吧。

旁白：「加油！加油！」之後，要說選手
　　　的名字。
　　　比方說如果是亞雷克斯的話……。

啦啦隊：喔～！加油。
　　　　加油！加油！亞雷克斯！
　　　　加油！加油！亞雷克斯！

旁白：最後來幫艾琳加油吧。
　　　大家一起來試試看吧！

學生
（賽門）：為學習日語的艾琳加油。
　　　　你好！

大家：加油！加油！艾·琳！
　　　那麼。開始。
　　　加油！加油！艾琳！
　　　加油！加油！艾琳！
　　　你好！

看一看「社團活動」（ p.96 ～ 97 ）

霍尼哥：今天我們來看看高中的各種社團活動
　　　　吧。

艾琳：好。

霍尼哥：放學後，就是社團活動開始的時間。
　　　　這是什麼社團？

艾琳：啊，是棒球社對吧。

霍尼哥：沒錯。
　　　　在日本的高中，棒球很盛行。

學生：我們是棒球社。
　　　每天練習 3 小時。
　　　現在為了準備參加春季大賽，正在全力
　　　以赴進行冬天的嚴格練習。

艾琳：大家都很努力呢。

艾琳：這裡是什麼社團？

霍尼哥：好像在做實驗。

學生：我們在做把氧氣變成臭氧的實驗。
　　　我們是化學社。
　　　化學社每天都在做實驗，然後發表
　　　實驗成果。

霍尼哥：聽說這個化學社發表的成果很優秀，得
　　　　過好幾次獎喔。

艾琳：哦～，好厲害！

學生：對於我們不知道的事，能透過實驗得到
　　　確認，或發現新的事情，嗯，就是化學
　　　社的樂趣所在。

霍尼哥：這間教室聚集了好多學生喔。

艾琳：大家都拿著樂器。

霍尼哥：是管樂社。社員有 68 人。

學生：我們是管樂社。
　　　吹奏管樂最重要的就是，大家要團結
　　　一致。

霍尼哥：68 人團結一致的話，就能演奏出如此
　　　　美好的音樂。

艾琳：演奏得真好呢。

遍及世界的日語

「泰國／學習日語的高中生」(p.98～99)

旁白：這裡是泰國。

位於首都曼谷的郊外的瓦特‧拉喬歐羅特學校。

國中和高中加起來共有 2500 人就學。

這間學校從 15 年前開始教日語。

高中 2 年級學生的班級。

有位學生非常熱心地在學習日語。

斯帕匹特‧賽沙萊同學。

老師：啊，請造句。

斯帕匹特：今天有事嗎？

老師：嗯。今天有事嗎？

各位。

旁白：斯帕匹特同學最喜歡歌唱課。

旁白：斯帕匹特同學是搭共乘巴士通學。

斯帕匹特：漂亮？

朋友 1：漂亮。

斯帕匹特：漂亮。

朋友 2：可愛。

朋友 1：哦～，可愛。

旁白：斯帕匹特同學的家在鐵道旁邊。

這是斯帕匹特同學的房間。

斯帕匹特同學喜歡上日本歌，然後開始學習日語。

斯帕匹特：把詞彙寫在紙上，用這種方式學習。

旁白：斯帕匹特同學為了熟記詞彙，自己製作筆記學習。

旁白：舉辦了學習日語的國中生及高中生的日語比賽。

成績好的學生會參加。

斯帕匹特同學也代表學校出席了比賽。

覺得考試如何？

斯帕匹特：好難。

旁白：在會場上也可以體驗日本文化，以及吃日式料理等。

大家：我們開動了！

旁白：斯帕匹特同學也和老師及朋友，一起吃了最喜歡的壽司。

朋友：炒麵。

天婦羅。

旁白：最後請斯帕匹特同學告訴我們喜歡的日語。

斯帕匹特：我喜歡的日語是「家族（家人）」。

因為我愛我的家人。

基礎短劇（p.104）

艾琳：不好意思。

女性：是。

艾琳：請問要怎麼去町田呢？

女性：去町田的話，要坐小田急線。

　　　下了前面的樓梯後，出剪票口往左走就

　　　是了。

艾琳：樓梯⋯⋯。

女性：妳看，就是那座樓梯。下了那個樓梯後

　　　應該就知道路了。

艾琳：我明白了。

　　　謝謝您。

應用短劇（p.108 ~ 109）

咲：怎麼去最快呢？

健太：在東京車站轉車不就好了。

咲：是嗎？

健太：妳不信？

　　　那妳去問問站務員。

咲：我去問。

咲：不好意思。

站務員：是。

咲：請問要怎麼去五反田呢？

站務員：要在新宿轉車喔。

咲：跟你說的不同啊。

健太：在東京車站轉車也能到吧？

站務員：那樣去也行，不過會繞遠路喔。

健太：⋯⋯。

咲：好險好險。

　　　喂，要遲到了啦！

各種運用方式（p.107）

① 在會議室

部下：這個桌子，要怎麼排？

上司：這個嘛。

　　　請面對面排成四方形。

部下：是。

　　　辛苦了！

② 在廚房

妻子：好，接下來切酪梨。

丈夫：咦，這個，要怎麼切？

妻子：邊轉邊下刀，扭開後就能從籽上取下來了。

③ 在遊戲中心

女性：這個，要怎麼玩？

男性：配合這個影像，敲這個太鼓。

女性：哦～。

試一試「小旅行」（p.113～119）

旁白：今天來搭電車出發去小旅行吧。

　　　目的地是東京郊區。

　　　鎌倉與江之島。

　　　這裡有很多古老的寺廟和神社，還有美麗的大海。

　　　這次的旅行是有任務的。

女性1：「今天要做的事」，是什麼呢？

旁白：任務有6項。

　　　首先，在長谷站下車，完成3項任務。

　　　然後去江之島站，再完成3項任務。

　　　首先，朝長谷站出發！

男性1：想去這裡和吃這個。

女性1：好像不錯。

男性1：買了多少錢的票？

女性1：不是啦。好像是因為不小心折到了。

男性1：喔喔。

女性1：沒辦法出站。

男性2：不好意思，請問「長谷寺」在哪裡，我們正在找。

旁白：第一項任務是，

　　　去「長谷寺」。

路人：到了十字路口，向左轉。

女性1：這裡。

男性1：她說是左邊。

男性2：左邊。

女性1：對，說了左邊。

男性1：綠燈了。過馬路吧。

男性 1：那個，就是那個，到了。對吧。

女性 1：啊！是長谷寺！

男性 1：到長谷寺了。

女性 1：到了。

　　　　耶！

　　　　辛苦了。

男性 1：喔，看得見海呢。好漂亮。

男性 2：來到好地方了。

女性 1：喔～。

　　　　山，是山耶，那裡。

　　　　風景很不錯呢。

女性 1：對了，糰子。

男性 1：對對，我也正想說。

　旁白：下一個任務是，

　　　　吃糰子。

女性 2：請問這附近有沒有能吃到糰子的地方？

　路人：我不知道。

女性 2：不知道嗎？

　路人：對。

女性 1：啊，是不是那裡？

　　　　寫著「糰子」。

　　　　那裡。

　路人：啊，沒錯，有寫。

女性 1：在那裡。

　　　　我發現了。

　　　　有了，有了。

女性 2：謝謝。

男性 1：你好。

女性 1、2：你好。

　店員：歡迎光臨。

男性 1：糰子是用什麼做的呢？

　店員：這是用糯米，一種米製作而成的，沒錯。

　　　　這是御手洗糰子。

　　　　叫「大吉糰子」。

　　　　請慢用。

女性 1、2：謝謝。

女性 1：我開動了。

男性 1：開動了。

男性 2：開動了。

女性 1：這個是「大吉糰子」。

女性 2：嗯。

　　　　會發生好事。

　眾人：吃完糰子了。

　旁白：第 3 項任務。

　　　　拍照。

女性 1：不好意思，請問能幫我們拍照嗎？

　路人：好，要拍了。

　眾人：好。

　旁白：這樣一來就完成了 3 項任務。

　　　　接下來去江之島站。

女性 1：現在。現在。

　旁白：第 4 項任務。

　　　　去「江之島」。

女性 1：啊，那裡，對吧。
　　　　那是瞭望台。

男性 1：就是那裡，那裡。

女性 1：嗯。

女性 2：這裡？

女性 1：嗯，這裡。

　眾人：耶！

男性 1
女性 1：到江之島了！

女性 1：累了。
　　　　距離相當遠呢。

男性 1：對啊。

　旁白：接下來，
　　　　買伴手禮。

女性 1：喔，有吃的東西耶。
　　　　我該怎麼辦。
　　　　買給學校的朋友們好了。

女性 2：我買了店裡最受歡迎的牛奶餅乾。

男性 1：這是螃蟹的零食。

女性 1：我買了橘子麻糬。
　　　　因為喜歡麻糬。

男性 2：我買了竹莢魚乾。

　旁白：這樣第 5 項任務也完成了。

女性 1：謝謝。

男性 1：謝謝。

女性 1：那裡、那裡。

男性 1：哇，好大。

　旁白：最後的任務。

男性 1：瞭望台。

神社
人員：是。

男性 1：我想上去。

神社
人員：是。

男性 1：請問該從哪邊上去才好呢？

神社
人員：走這個樓梯，或是搭這邊的「手扶梯」。

女性 1：走上去看看？

男性 2：嗯，走走看吧。

女性 1：嗯。運動、運動。

　旁白：走很長的樓梯上去。

女性 1：米奇。

男性 1：是。

女性 1：還好嗎？

男性 1：沒問題。

　旁白：快到終點了。

女性 1：哇，好漂亮。

男性 2：好美的風景啊。

男性 1：很遼闊。

女性 1：哇！

男性 1：四周全都是海，360 度。
　　　　那個是剛才走過的橋對吧。

男性 2：嗯，對。

男性 1：走了相當多路呢，這個。

男性 2：嗯。

男性 1：從這裡看的話。

女性 2：開心的是，接觸到各式各樣的人，和街上
　　　　的人……。

女性 1：不好意思，請問能幫我們拍照嗎？

觀光客：啊，好。要拍了。好，笑一個。

　旁白：這麼一來 6 項任務全都完成了。
　　　　小小的旅行。但是，製造了許多回憶。

「電車的搭乘方法」(p.120 ~ 121)

霍尼哥：今天來看看電車的搭乘方法吧。

艾琳：好。

霍尼哥：這裡是東京車站。

　　　　首先，用車資表查詢車票的價格。

　　　　例如，秋葉原要？

艾琳：從東京出發 130 日圓。

霍尼哥：正確答案！

　　　　然後用售票機買車票。

　　　　投錢進去，觸碰畫面……。

艾琳：好簡單！

霍尼哥：遠程的車票，也能在購票窗口購買。

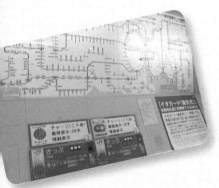

霍尼哥：那麼，通過剪票口吧。

艾琳：好。

霍尼哥：放入車票……，

　　　　不要忘記拿喔。因為出站的時候也需要

　　　　車票。

艾琳：咦？剛才的人，沒有放入車票。

霍尼哥：嗯。JR 的電車用這張卡也能搭乘。

　　　　只要在這裡感應卡片。

艾琳：這樣啊。

　　　　啊，也有用手機通過的人！

霍尼哥：沒錯。手機也有註冊後就能使用的。

艾琳：真方便。

艾琳：啊！

霍尼哥：車票的金額不足呢。

艾琳：要怎麼辦？

霍尼哥：這種時候，用這台補票機付錢。

　　　　放入車票，投錢後補票券會出來。

艾琳：原來如此。

　　　　這次沒問題了！

霍尼哥：太好了呢。

遍及世界的日語

「泰國／運用日語的工作者」（p.122～123）

旁白：這裡是泰國的首都曼谷。

曼谷住了很多外國人。

因此，也有許多傳播各國文化的文化

學校。

這裡是書法教室。

這間教室有位半年前開始上課的

學生。

帕達南・龐加姆小姐。

龐加姆小姐上大學時主修美術。

並受日語文字美感所吸引，而開始學

習日語。

龐加姆：因為很喜歡漢字，所以開始學日語。

龐加姆：你好。

旁白：這是龐加姆的家。

龐加姆：這個呢，是我的字。

旁白：龐加姆小姐也有在以書法創作 T 恤。

龐加姆：關於藝術，我想做各式各樣的 T 恤，

以及卡片等等。

旁白：龐加姆小姐現在從事牙醫工作。

3 年前開始積極從事日語口譯。

因為在曼谷，會有許多外國人前來就

診，所以需要通各國語言的口譯。

龐加姆：是。喂。

這裡是普羅姆加伊牙科。

是。

旁白：龐加姆小姐用確實且易懂的日語轉達

牙醫師的說明。

龐加姆：有細菌跑進這顆牙裡了，現在有一點

發炎。

如果沒有那麼痛的話，今天要稍微處

理一下。

旁白：醫院裡的日語導覽也都是龐加姆小姐

製作的。

最後請龐加姆小姐告訴我們喜歡的

日語。

龐加姆：是「むてき（無敵）」這個詞。

因為，那個，我覺得文字很帥氣。

各位，漢字沒那麼難，一起加油吧。

基礎短劇（p.128）

艾琳：小惠還沒來呢。

　咲：嗯，真是難得呢，小惠竟然會晚到。

艾琳：她沒接電話嗎？

　咲：是不是出了什麼事呢……。

艾琳：說不定是電車誤點了。

　咲：嗯……。

　咲：啊，有簡訊！

　　　什麼啊！

　　　艾琳，妳看這個！

艾琳：抱 · 歉。我剛起床……。

　咲：吼！真是受不了……。

應用短劇（p.132～133）

　惠：那個人……好像是折原同學。

　咲：喔，真的耶。

　　　真不愧是戀愛中的少女！……折原同學！

　薰：嗨。

　咲：折原同學，你的眼鏡呢？

　薰：今天戴隱形眼鏡！

　惠：這樣比較好。

　薰：是嗎。

　咲：來，兩位。看我這邊！

惠、薰：嗯？

　咲：拍到兩人的合照了！

　　　最佳情侶！

　惠：小咲！

　薰：那麼，我趕時間。

　惠：嗯。再見。

　咲：喂，妳想看嗎？想看嗎？

　惠：……嗯。

　咲：妳看！

各種運用方式（p.131）

① 在鄰居家前

女孩子：這裡就可以了嗎？

　媽媽：嗯，沒錯。在這裡。

女孩子：沒人出來呢。

　媽媽：或許不在吧。

　　　　待會再來吧。

② 在辦公室

女性：用這個的話或許搆得到。

男性：啊，謝謝。

　　　不好意思。

③ 在眼鏡店

店員：歡迎光臨。

　　　請問今天要找什麼樣的呢？

客人：這個嘛，我想要可愛一點的。

店員：我知道了。

　　　我看看。

　　　這副鏡框也許適合您。

客人：可以試戴嗎？

店員：請。

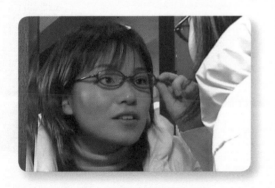

試一試「手機簡訊」（p.137～139）

旁白：今天來用手機發送簡訊吧。

　　　使用特殊圖案和表情符號，寫一封有趣的簡[訊]

　　　吧。

　　　老師是飯田有佳。高中 2 年級。

老師：那麼，各位請多多指教。

眾人：請多多指教。

老師：今天我想用這個手機，嗯，表達各種心情

旁白：首先是示範。

　　　日本的手機裡，有許多特殊圖案和表情符[號]

　　　用這個傳遞各式各樣的心情。

老師：先從簡單的開始說明，這個是微笑的表情

　　　所以，用在「早安」之類的場合。

　　　這個是愛心。

　　　經常用在表達「想再見面」等的時候。

老師：這個是什麼呢？

女性 1：分手？

老師：對，沒錯，沒錯。

　　　像是「跟男友分手了」的時候使用。

　　　這個，知道是什麼嗎？這個。

　　　這是眼睛在流淚。

　　　用在像是「大受打擊」的時候。

眾人：這樣啊。

　　　嗯，嗯。

老師：那麼，請試著搭配先前教的這 2 種特殊
　　　圖案，發送自己喜歡的簡訊。

旁白：那麼來試試看吧！

老師：按一下下面就……啊，就是這樣。

女性 1：好可愛。

女性 2：很多都很有趣……。
　　　　這個非常容易使用呢。

女性 3：那個，因為我很喜歡花的圖案，所以
　　　　用了花的圖案來寫簡訊。
　　　　今天真的很開心！！
　　　　謝謝。

男性：晚安！這幾天每天都很冷，但希望妳
　　　開心。
　　　我非常想見妳，我寫了這樣的訊息。

記者：那封是要發給誰的呢？

男性：已經分手的女友。

旁白：接著是應用。
　　　有一點難度。

老師：在這些表情符號裡，例如將愛心加在
　　　臉頰上。

旁白：也能搭配表情符號與特殊圖案，創造新
　　　符號。

女性 2：選擇表情符號。

老師：選好後。
　　　再將特殊圖案。

女性 2：將特殊圖案，

老師：選好。

女性 2：啊，打好了。
　　　　媽媽，謝謝妳！！

記者：那個是自己創造的？

女性 2：沒錯。
　　　　我覺得使用特殊圖案的話，訊息會變得
　　　　更好理解。

女性 4：今天很開心。
　　　　我覺得比較容易表達心情。和語言相較之下。

記者：原來如此。完成了嗎？

女性 5：你好嗎？然後是可愛的表情。後天，是，
　　　　在咖啡廳見？
　　　　我很期待。
　　　　這是我第一次嘗試打，所以很開心。非
　　　　常有趣。

老師：嗯，將我教大家的東西，嗯，活用於簡訊
　　　上，然後，如果能夠將自己無法以句子傳
　　　達的心情，將無法傳達的心情，以這種方
　　　式傳達出去的話，我也會感到非常高興。
　　　那麼，今天謝謝各位。

眾人：謝謝。

旁白：有趣的手機簡訊。
　　　請大家也來試試看吧。

「高中生的手機」(p.140～141)

眾人：耶！

霍尼哥：今天來看看高中生的手機吧。
　　　　首先是世古望同學的手機。
　　　　掛著很多玩偶呢。

艾琳：雖然很可愛，但是不重嗎？

世古：很重但是因為很可愛，如果有更可愛
　　　的，我還想掛上去。

霍尼哥：清水美佳同學的手機呢？

艾琳：哇，亮晶晶的。

霍尼哥：自己貼上水鑽裝飾呢。

艾琳：哇，貼得真好。

霍尼哥：那麼，也來看看使用方法吧。

霍尼哥：與朋友聯絡使用簡訊啊。

艾琳：有很多圖案。好可愛。

世古：與朋友幾乎都是用簡訊。
　　　簡訊比較不花錢。
　　　也會和男朋友打電話。

艾琳：原來如此。

霍尼哥：還有，用手機拍照，發簡訊給朋友。

艾琳：呵呵呵，每個人都做怪表情。

霍尼哥：拍下奇怪表情的照片，發給沒有精神的
　　　　朋友。

清水：希望朋友看到我的奇怪表情，忘掉一切
　　　煩惱。

艾琳：要去哪裡呢？

清水：接著要去洗澡。
　　　將手機裝進這種袋子裡帶去。

艾琳：洗澡時也會帶去啊。

艾琳：對大家來說手機真的很重要。

霍尼哥：有各式各樣的使用方法呢。

遍及世界的日語

「墨西哥／學日語的高中生」（p.142～143）

旁白：這裡是墨西哥。

　　　在墨西哥，教授日語的學校有 60 間
　　　左右。

　　　而且學習人數每年都在增加。

　　　這裡是位於首都墨西哥城郊外的日本墨
　　　西哥學院。

　　　在這間學校有日本課程與墨西哥課程。

　　　墨西哥課程裡，從幼稚園到高中，有
　　　700 人以上的學生正在學習日本的語言
　　　和文化。

旁白：這是高 3 的班級。

　　　這班級裡有從幼稚園開始學日語的學生。
　　　米莉雅姆·古爾達魯佩·阿賽貝斯同學。

米莉
雅姆：因為喜歡日語的發音所以在學習。

旁白：這裡是教職員室。

　　　使用課堂上學到的敬語向日本人老師
　　　提問。

米莉
雅姆：請問您對墨西哥的文化有什麼想法？

老師：嗯，我認為非常重視家人。

　　　妳是怎麼認為？

米莉
雅姆：嗯，嗯，非常，嗯，開心的文化。

老師：開心的文化？妳是這麼想的？

米莉
雅姆：沒錯。我是這麼覺得。

旁白：這裡是米莉雅姆同學的房間。

　　　米莉雅姆同學給我們看了她很珍惜的
　　　物品。

米莉
雅姆：♪櫻花。櫻花。♪

　　　是和服。

　　　因為顏色很漂亮所以我很喜歡。

旁白：米莉雅姆同學不只喜歡日語，也很喜歡
　　　日本文化。

　　　她從 7 年前開始學習日本舞蹈。

　　　發表會時則穿著珍惜的和服跳舞。

米莉
雅姆：我覺得日本文化是非常美麗的文化。

旁白：最後，米莉雅姆同學請告訴我們喜歡的
　　　日語。

米莉
雅姆：是「ほほえみ（微笑）」。

　　　因為有微笑世界就會明亮起來。

基礎短劇 (p.148)

母親：那是章魚燒。

艾琳：章魚燒……。

母親：裡面有章魚。

　　　很厲害吧？

　　　艾琳妳要不要也吃點什麼？

艾琳：那是什麼呢？

母親：喔，釣水球。

艾琳：我想玩玩看那個。

　　　可以嗎？

母親：當然沒問題。

母親：艾琳，加油。

艾琳：好的。

母親：輕輕的，輕輕的，輕輕的，對對對。

　　　就這樣，就這樣，慢慢的，慢慢的，對

　　　對對……。

母親、
　　　：啊！
艾琳

母親：唉。

艾琳：失敗了。

店裡
　　：給你，這是安慰獎。
的人

應用短劇 (p.152 ～ 153)

惠：剛才的神轎真棒啊。

咲：真的！好有氣勢喔。

健太：啊，有炒麵耶。好想吃喔！

　　　哇，奶油馬鈴薯也不錯耶。

咲：真是的，每次跟你來都這樣。

惠：哇，棉花糖！好想吃喔！

健太：棉花糖也不錯耶。

咲：你們有在聽嗎？

咲：啊，等等，等等，等我一下啦。

健太：真是的，笨手笨腳的傢伙。

咲：抱歉。

健太：啊！

各種運用方式（p.151）

① 在商務街

前輩：真熱啊。

　　　這種日子，真想喝杯冰啤酒啊。

後輩：我們早點結束工作，去喝一杯吧？

前輩：就這麼辦吧。

前輩、後輩：乾杯！

② 在旅行社

女性：我想去京都呢。

男性：我想去北海道。

③ 在家裡

奶奶：這是之前夏天拍的照片喲。

爺爺：嗯，真想她啊。

奶奶：很快就能見面了啊。

爺爺：嗯，好想她啊。

④ 在幼稚園

老師：長大以後，想做什麼？

小朋友1：學校的老師。

老師：長大以後，想做什麼？

小朋友2：魔術師。

老師：長大以後，想做什麼？

小朋友3：女警。

老師：為什麼？

小朋友3：我想抓小偷。

試一試「煙火」（p.157～158）

旁白：煙火有各式各樣的種類。

　　　今天我們來玩玩看很受日本人歡迎的

　　　仙女棒吧。

　　　老師是山縣常浩先生。

仙女棒有 2 種。

1 種是在稻草前端塗上火藥。

另一種是用日本紙製成，裡面包著

火藥。

今天我們要放這種仙女棒。

旁白：煙火要在空曠的地方施放。

　　　要準備蠟燭和水。

　　　先來看示範吧。

老師：這是很多人常玩的仙女棒。

　　　看，點火的時候不要像這樣，要稍微

　　　傾斜點火。

　　　懂嗎，就像這樣，那個，不能讓它一

　　　下子「啪」地燃燒喲。

　　　這樣就點著了對吧。

　　　然後，像這樣豎起來。慢慢地。

旁白：煙火慢慢地變化。

每個變化都有名稱。

那是 4 個種類的花或葉的名字。

老師：好，掉下來了對吧。

好。那個，結束之後，一定要扔到這個水桶裡。

這裡包著火藥。

對吧，現在，像這樣，就會變圓。

將這上面的部分再像這樣擰一下。

緊緊地。

旁白：先擰這裡的話，煙火就能放久一點。

老師：不用力擰的話，火花就會啪噠地掉下來。

旁白：那麼，來試試看吧！

小朋友：預備！

老師：對對對，盡量將手伸直。

旁白：誰能放得最久呢？

女性：啊～。

老師：啊～，掉下來了。

這個放最久。

男性：哦～，第一名。

男孩：很好玩。

女孩：我喜歡它會發光的地方。

旁白：請大家也來試試仙女棒吧！

看一看「祭典」（p.159 ～ 160 ）

霍尼哥：今天我們來看看日本的祭典吧。

艾琳：好的。

霍尼哥：這裡是神社。有神社牌坊。

神殿。

要拍手參拜。

艾琳：哦。

艾琳：哇，好熱鬧啊。

霍尼哥：沒錯。今天是這個神社的祭典喲。

大家一起扛著神轎呢。

艾琳：哇，又大又漂亮呢。

霍尼哥：是呀。挺重的喲。

扛著神轎的人：嗨喲！嗨喲！

艾琳：有很多人扛著呢。

霍尼哥：大家都穿著法被，綁著一字巾呢。

艾琳：聲音好洪亮！

扛著神轎的人：嗨喲！嗨喲！

嗨喲！嗨喲！

霍尼哥：再來看看另 1 個祭典吧。

艾琳：這是……晚上的祭典？

霍尼哥：沒錯。這是叫「酉之市」的祭典喲。

　　　　在每年的 11 月舉辦。

　　　　「酉之市」有名的就是這個！

艾琳：哇啊，這是什麼？

霍尼哥：這是叫做「熊手（竹耙子）」的護身符。

艾琳：有魚……鳥……很多東西呢。

霍尼哥：沒錯。這些都是吉祥的東西。

店員：預備～！好運來！好運來！

霍尼哥：買熊手之後，店員會和你一起祈福喲。

艾琳：哦～，真有趣！

店員：謝謝。

　　　謝謝。

　　　謝謝。謝謝。

遍及世界的日語

「墨西哥／運用日語的工作者」（p.161 ～ 163）

旁白：這裡是墨西哥的首都，墨西哥城。

　　　墨西哥城有 100 間以上的日式料理店。

　　　日式料理是受歡迎的料理之一。

　　　這位男性是吉列爾莫・文迪斯。

　　　他來到了 1 間日式料理店。

吉列莫爾：你好。

店員：你好。

吉列莫爾：那個，貨，那個～，我送過來了。

　　　　　那個～，很忙嗎？

店員：很忙……啊。最近……。

旁白：吉列莫爾將在墨西哥很難買到的食材送

　　　到日式料理店。

吉列莫爾：您很忙？

店員：是呀。

旁白：這裡是吉列莫爾的公司兼住所。

吉列莫爾：喂？是。

　　　　　是的。沒錯。

旁白：訂單全都用日語記下來。

吉列莫爾：請稍等一下。蘿蔔和白菜。

旁白：這是為了一邊確認一邊將商品交給日本客人。

　　　吉列莫爾不僅會待在店裡，也會將食材送到日本人的家裡。

　　　他抵達了日本籍家庭住的公寓。

吉列莫爾：我拿來了。

　　　我拿白菜、蘿蔔、納豆來了。

日本人：謝謝。

吉列莫爾：不。……。

日本人：真是幫了大忙。幫我送過來。

　　　謝謝你。

吉列莫爾：不。彼此彼此。感謝您總是惠顧。

旁白：用日語和客人說話。

　　　吉列莫爾從 15 歲的時候開始學習日語。

　　　他使用友人送的字典自學。

吉列莫爾：書和雜誌，那個，可以的話看影片的時候，那個，如果有不知道的詞，會查字典。那個，理解之後，那個，就能夠和日本人說、說、說話。

旁白：吉列莫爾很會摺紙。他是向日本的朋友學的。

　　　然後，他有時候也會教姪女。

　　　美麗的鶴完成了。

旁白：最後，我們請教了吉列莫爾喜歡的日語。

吉列莫爾：「飯」。

　　　因為吃飯的時候，家人聚在一起很幸福。

基礎短劇（p.168）

保健
老師：怎麼了？

咲：她摔倒了。

保健
老師：妳坐下。

　　　哪裡痛？

艾琳：這裡痛。

保健
老師：我稍微動動看喔。

　　　這樣痛嗎？

艾琳：不太痛。

保健
老師：這樣呢？

艾琳：！！！

保健
老師：原來如此……。

　　　好像是扭傷腳踝了。

　　　總之先貼塊藥布，看看情況吧。

艾琳：好的。

咲：哎呀，老師！

　　我也有點頭痛，

　　可以稍微休息一下嗎？

保健
老師：不行。妳只是想翹體育課而已吧？

　　　快回去上課。

咲：是～。

應用短劇（p.172 ～ 173）

牙醫：今天怎麼了呢？

健太：喝冰水時，右邊深處的牙齒有點刺痛。

牙醫：好，那麼，請你張開嘴巴。

　　　啊，右上深處的牙齒蛀掉了呢。

健太：是喔。

牙醫：好，那我削磨一下那顆牙。

　　　會痛的話，請把手舉起來。

牙醫：……咦，會痛嗎？

　　　那我上麻醉藥。

　　　會有點痛喔。

健太：啊，啊～，啊啊……。

各種運用方式（p.171）

① 在鐘錶店

店員：歡迎光臨。

客人：請問。

店員：是。

客人：這個停了。

店員：我知道了。

　　　我檢查一下，

　　　請稍等。

客人：好的。

② 在廚房

妻子：啊，喂，這個很緊，可以幫我開嗎？

丈夫：可以呀。

　　　給妳。

妻子：謝謝。

③ 在公司

男性：嗯，嗯嗯。

女性：你看起來很累呢。

男性：嗯。

　　　我昨天熬夜了。

女性：你不要緊吧？

男性：嗯。

試一試「紙鶴」（p.177～179）

旁白：今天我們來試試看摺紙鶴吧。

　　　用摺紙來摺紙鶴。

　　　這是鶴在天空飛行的樣子。

　　　教我們摺法的是藤本祐子小姐。

旁白：首先，請她示範給我們看。

老師：這個紙鶴是用 1 張紙摺成的。

　　　要是一開始沒對齊，就沒辦法摺出理想

　　　的紙鶴。

　　　一開始請仔細地對齊摺好。

　　　打開袋子的部分，就像要將剛才的摺痕

　　　朝反方向摺的感覺，依照摺痕展開。

老師：盡量往上拉，直到拉不動為止。

　　　大概拉到翅膀的線為止。

旁白：紙鶴完成了。

大家：哦～。

旁白：大家也試試看摺紙鶴吧！

　　　摺得很好呢。

老師：請摺這裡。

旁白：很認真。

老師：這裡很難呢。

　　　摺得不錯。

　　　謝赫摺得很好。

學生 1：我不知道下一步該怎麼做。

老師：好。

尾巴不用摺。

尾巴是直的。

將這條線……。

旁白：快要摺好了。

老師：翻過來……。

學生 2：老師，我摺好了。

老師：好的。

學生 2：這是第 1 隻、第 2 隻、第 3 隻。

老師：越摺越好呢。

很漂亮。

旁白：真的 1 隻摺得比 1 隻好呢。

這種紙鶴，還有這種紙鶴也摺好了。

大家：紙鶴完成了。

看一看「健康法」(p.180〜182)

霍尼哥：許多人會為了身體健康，運動及想盡各種

方法呢。

今天來看看日本的健康法。

來介紹任何人都能輕鬆學會的方法吧。

艾琳：好。

霍尼哥：首先，來看看這個吧。

孩子們：你好！

艾琳：這裡是幼稚園對吧。

霍尼哥：沒錯。

這間幼稚園，有在做日本傳統的健康法喲。

艾琳：咦，大家要去哪裡呢？

孩子們：一、二、三。

二、二、三。……。

艾琳：好洪亮的聲音。

霍尼哥：這裡是幼稚園的操場喲。

艾琳：大家在做什麼呢？

老師和
孩子們：一、二、三。二、二、三。

三、二、三。四、二、三。

五、二、三。

一、二、三。……。

霍尼哥：他們在做乾布摩擦。

用毛巾或布搓身體。

艾琳：咦。

不冷嗎？

霍尼哥：這個嘛，現在的氣溫大概是 10 度吧。

艾琳：但是，大家都精神飽滿呢。

老師和
孩子們 ：……三。

三、二、三。

四、二、三……。

老師：我覺得透過摩擦身體，身體可以暖和
　　　起來，皮膚的抵抗力也會增強，這樣
　　　就不容易感冒了。

孩子1：不冷。

孩子2：不冷。

孩子3：與其說不冷……。

孩子4：熱。

記者：熱嗎？

艾琳：原來如此。

霍尼哥：那麼，再來看看另1種健康法吧。

艾琳：啊，妳好。

池山：妳好。

霍尼哥：接下來，要介紹池山珠了小姐的健康
　　　　法喲。

池山：我的健康法就是這個。

艾琳：這是什麼？

霍尼哥：這是綠竹。是用竹子做的東西。
　　　　用法很簡單。在這個竹子上踏步。

艾琳：那樣就好了嗎？

霍尼哥：沒錯。
　　　　池山小姐從國中的時候，就開始踏這個綠
　　　　竹了。

池山：我大約15歲考高中的時候，總是坐在書桌
　　　前，導致經常肩膀痠痛，才會想說應該解
　　　決這個問題，於是就開始踏綠竹了。
　　　這個的優點是可以舒緩全身的疲勞放鬆。

霍尼哥：她持續每天利用空閒的時間踏15分鐘左右
　　　　的綠竹。

艾琳：哦～，有各種踏法呢。

池山：啊～，真舒服。
　　　痛痛痛。啊，痛痛痛。痛痛痛痛。

艾琳：咦，沒事吧？

池山：有點痛反而比較舒服喲。
　　　應該是說「痛得很舒服」……。

艾琳：哦～，真有意思。

霍尼哥：大家覺得日本的健康法怎麼樣呢？
　　　　請大家務必試試看。

艾琳：好。我也來挑戰一下。

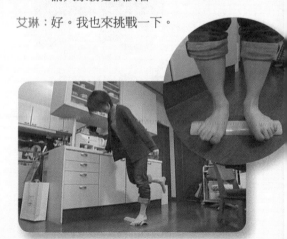

遍及世界的日語

「美國／運用日語的工作者」（p.183～185）

旁白：這裡是美國紐約。

　　　國際都市紐約也有許多日本文化。

　　　這裡是連接美國和日本的財團之一。

　　　這裡有位說日語的美國女性。

　　　這位是伊麗莎白‧高登小姐。

伊麗莎白：妳好。

　　　裕子小姐。

　　　是的是的。妳好。我是伊麗莎白。

旁白：伊麗莎白小姐為了促進日本和美國的

　　　交流，計畫、舉行了許多活動。

伊麗莎白：我很喜歡這份工作。

　　　我 1 年大約去 3 次日本，可以說日語。

旁白：伊麗莎白小姐從事這份工作之前，在

　　　日本教了 2 年英語。

伊麗莎白：我在小學和國中教了英語。

　　　這是我回美國之前，學生們送我的。

旁白：她平日工作的時候，也經常使用日語。

女性：也有送日本的報紙來。

伊麗莎白：啊～，我覺得這個有點太難了。

　　　漢字很難。

女性：漢字很難？

旁白：伊麗莎白小姐現在最感興趣的是漢字。

伊麗莎白：我覺得有必要學漢字。

　　　為了看報紙，嗯，我想學。

旁白：我們在伊麗莎白小姐家裡，請她讓我們

　　　看了練習漢字的筆記本。

　　　聽說她會寫 40 次以上漢字的詞彙。

伊麗莎白：這本，我想大概寫了 1 年。

　　　寫很多很多次記下來。

旁白：伊麗莎白小姐週末與日本朋友在咖啡廳

　　　見面。

　　　這時他們也談論著漢字。

伊麗莎白：繩……

朋友：繩……

伊麗莎白：跳繩。跳繩。

　　　漢字好有趣。

朋友：漢字本身具有的意思，

伊麗莎白：是。

朋友：只要能夠理解，

伊麗莎白：是。

朋友：我想日語就會變得更簡單。

伊麗莎白：嗯，是，是。

　　　有點，啊～，就像是雖然不知道這個單

　　　字，但這個漢字應該是這個意思。

朋友：對對對對。我就是那個意思。

伊麗莎白：就是這樣。

旁白：最後，我們請教了她喜歡的日語。

伊麗莎白：「千里の道も一歩から（千里之行，

　　　始於足下）」。

　　　這句話是我學習到的第一句日語，我現

　　　在也正走在那條日語的道路上。

文化項目リスト

ことば＝「ことばをふやそう」	使い方＝「いろいろな使い方」
世界＝「世界に広がる日本語」	映＝映像
イ(1)＝イラスト(1)	イ(2)＝イラスト(2)

アルファベット

1. Tシャツ　　　　Tシャツ　　　　T恤
    10課　　ことば　　イ(2)　　　　　　　　ふだん着

あ

2. あいさつ　　　　挨拶　　　　寒暄、問候
    11課　　見てみよう　　映　　温泉旅館　　温泉旅館を案内する

3. あおだけ　　　　青竹　　　　緑竹
    16課　　見てみよう　　映　　家　　健康法

4. あおだけふみ　　青竹踏み　　踩緑竹
    16課　　見てみよう　　映　　家　　健康法

5. あき　　　　秋　　　　秋天
    14課　　ことば　　イ(2)

6. アキラ・クロサワ　黒澤明　　黒澤明
    9課　　世界　　映　　部屋　　インドネシア・趣味

7. アクセサリー　　アクセサリー　　飾品
    10課　　見てみよう　　映　　原宿　　原宿を案内する

8. あし　　　　足　　　　脚
    16課　　ことば　　イ(1)

9. あしくび　　　　足首　　　　脚踝
    16課　　基本スキット　　映　　保健室　　エリンが転んで保健室に行く

10. あたま　　　　頭　　　　頭
    16課　　ことば　　イ(1)

11. あたまがいたい　頭が痛い　　頭痛
    16課　　ことば　　イ(2)

12. あに　　　　兄　　　　（自己的）哥哥
    15課　　ことば　　イ(2)　　家　　家族写真

13. あね　　　　姉　　　　（自己的）姉姉
    15課　　ことば　　イ(2)　　家　　家族写真

14. アフリカ　　　　　アフリカ　　　　非洲
　　10課　　　世界　　　映　　　　　　　　　　　　ケニア
　　　か　　　せかい　　えい

15. アボカド　　　　　アボカド　　　　酪梨
　　13課　　　使い方　　映　　　　　台所　　　　アボカドの切り方
　　　か　　　つか かた　えい　　　だいどころ　　　　　　　き　かた

16. あみだな　　　　　網棚　　　　　　行李網架
　　13課　　　これは何　映　　　　　電車
　　　か　　　　　　なに　えい　　　てんしゃ

17. あめ　　　　　　　雨　　　　　　　雨
　　14課　　　ことば　　イ(2)　　　　　　　　　天気図(日本地図)
　　　か　　　　　　　　　　　　　　　　　　　てん き ず　にほん ち ず

18. アメリカ　　　　　アメリカ　　　　美國
　　16課　　　世界　　　映
　　　か　　　せかい　　えい

19. あんないじょ　　　案内所　　　　　服務臺
　　10課　　　ことば　　イ(1)　　　　デパート
　　　か

20. いけばな　　　　　生け花　　　　　插花
　　9課　　　やってみよう　映　　　生け花教室　　生け花をする
　　　か　　　　　　　　　　えい　　い　ばなきょうしつ　い　ばな

21. いしゃ　　　　　　医者　　　　　　醫生
　　9課　　　世界　　　映　　　　　病院　　　　インドネシア
　　　か　　　せかい　　えい　　　びょういん

22. いもうと　　　　　妹　　　　　　　(自己的)妹妹
　　15課　　　ことば　　イ(2)　　　　家　　　　　家族写真
　　　か　　　　　　　　　　　　　いえ　　　　　か ぞくしゃしん

23. インタビュー　　　インタビュー　　採訪、訪問
　　14課　　　世界　　　映　　　　　職員室　　　職員室で先生に質問する
　　　か　　　せかい　　えい　　　しょくいんしつ　しょくいんしつ せんせい　しつもん

24. インドネシア　　　インドネシア　　印尼
　　9課　　　世界　　　映
　　　か　　　せかい　　えい

25. うたいます　　　　歌います　　　　唱歌
　　9課　　　ことば　　イ(2)　　　　公園
　　　か　　　　　　　　　　　　　こうえん

26. うたのじゅぎょう　歌の授業　　　　歌唱課
　　12課　　　世界　　　映　　　　　学校　　　　タイ
　　　か　　　せかい　　えい　　　がっこう

27. うちあげはなび　　打ち上げ花火　　煙火
　　15課　　　これは何　映
　　　か　　　　　　なに　えい

28. うちわ　　　　　　団扇　　　　　　團扇
　　11課　　　ことば　　イ(1)　　　　温泉旅館　　　女性の浴衣姿
　　　か　　　　　　　　　　　　　おんせんりょかん　じょせい　ゆかた すがた

29.	うみ	海	海		
	13課	やってみよう	映	江ノ島	鎌倉・江ノ島へ行く
	か		えい	え しま	かまくら え しま

30.	うれしい	嬉しい	高興		
	14課	ことば	イ(1)		携帯電話の絵文字
	か				けいたいでんわ え も じ

31.	うわぎ	上着	上衣、外套		
	10課	ことば	イ(2)	学校	男子制服
	か			がっこう	だん し せいふく

32.	うんちんひょう	運賃表	車資表		
	13課	見てみよう	映	駅	電車の乗り方
	か	み	えい	えき	でんしゃ の かた

33.	うんどうする	運動する	運動		
	9課	応用スキット	映	スポーツジム	ジムで運動する
	か	おうよう	えい		うんどう

34.	うんどうぶ	運動部	體育社團		
	12課	ことば	イ(1)	学校	部活
	か			がっこう	ぶ かつ

35.	えいが	映画	電影		
	9課	世界	映	部屋	インドネシア・趣味
	か	せかい	えい	へ や	しゅ み

36.	えいがかん	映画館	電影院		
	9課	使い方	映	映画館	切符売り場で始まりの時間を聞く
	か	つか かた	えい	えい が かん	きっぷ う ば はじ じ かん き
	11課	使い方	映	街の中	待ち合わせをする
	か	つか かた	えい	まち なか	ま あ

37.	えき	駅	車站		
	13課	基本スキット	映	駅	行き方を聞く
	か	き ほん	えい	えき	い かた き
	13課	ことば	イ(1)	駅	
	か			えき	

38.	えきいん	駅員	站務員		
	13課	応用スキット	映	駅	行き方を教える
	か	おうよう	えい	えき	い かた おし

39.	エスカレーター	エスカレーター	電扶梯		
	10課	ことば	イ(1)	デパート	
	か				

40.	えだ	枝	樹枝		
	9課	やってみよう	映	生け花教室	生け花をする
	か		えい	い ばなきょうしつ	い ばな

41.	えのしま	江ノ島	江之島		
	13課	やってみよう	映	江ノ島	鎌倉・江ノ島へ行く
	か		えい	え しま	かまくら え しま

42.	えのでん	江ノ電	江之島電車		
	13課	やってみよう	映	鎌倉・江ノ島	鎌倉・江ノ島へ行く
	か		えい	かまくら え しま	かまくら え しま い

43.	えもじ	絵文字	特殊圖案		
	14課	やってみよう	映	ホール	携帯メールをうつ
	か		えい		けいたい

44. えり　　　　　　　　　襟　　　　　　　　衣領、領子
　11課　　　やってみよう　　映　　　　和室　　　　ゆかたを着る
　　か　　　　　　　　　　　　えい　　　わしつ　　　　　　　　　き

45. エレベーター　　　　エレベーター　　電梯
　10課　　　ことば　　　　イ(1)　　　デパート
　　か

46. えんげきぶ　　　　　演劇部　　　　　戯劇社
　12課　　　ことば　　　　イ(2)　　　学校　　　　　部活
　　か　　　　　　　　　　　　　　　　がっこう　　　ぶかつ

47. おうえん　　　　　　応援　　　　　　聲援、支持
　12課　　　やってみよう　　映　　　　体育館　　　　応援団の練習をする
　　か　　　　　　　　　　　　えい　　　たいいくかん　　おうえんだん　れんしゅう

48. おうえんだん　　　　応援団　　　　　啦啦隊
　12課　　　やってみよう　　映　　　　体育館　　　　応援の練習をする
　　か　　　　　　　　　　　　えい　　　たいいくかん　　おうえん　れんしゅう

49. おかあさん　　　　　お母さん　　　　（別人的）母親、（稱呼自己的母親時也使用）
　15課　　　ことば　　　　イ(2)　　　家　　　　　家族写真
　　か　　　　　　　　　　　　　　　　いえ　　　かぞくしゃしん

50. おかし　　　　　　　お菓子　　　　　點心
　11課　　　見てみよう　　映　　　　温泉旅館　　　　温泉旅館を案内する
　　か　　　み　　　　　　えい　　　おんせんりょかん　　おんせんりょかん　あんない

51. おくじょう　　　　　屋上　　　　　　屋頂
　10課　　　ことば　　　　イ(1)　　　デパート　　　　遊具
　　か　　　　　　　　　　　　　　　　　　　　　　ゆうぐ

52. おじいさん　　　　　おじいさん　　　祖父、外公、老爺爺
　15課　　　使い方　　　　映　　　　家　　　　　孫の写真を見て話す
　　か　　　つかかた　　　えい　　　いえ　　　まごしゃしんみはな
　15課　　　ことば　　　　イ(2)　　　家　　　　　家族写真
　　か　　　　　　　　　　　　　　　　いえ　　　かぞくしゃしん

53. おす　　　　　　　　押忍　　　　　　於武術相關的體育活動使用的問候語
　12課　　　やってみよう　　映　　　　体育館　　　　応援の練習をする
　　か　　　　　　　　　　　　えい　　　たいいくかん　　おうえん　れんしゅう

54. おすし　　　　　　　お寿司　　　　　壽司
　12課　　　世界　　　　映　　　　コンテスト会場　　タイ
　　か　　　せかい　　　えい　　　　　　かいじょう

55. おだきゅうせん　　　小田急線　　　　小田急線
　13課　　　基本スキット　映　　　　駅　　　　　道を聞く・電車の名前
　　か　　　きほん　　　えい　　　えき　　　みちき　てんしゃなまえ

56. おだんご　　　　　　お団子　　　　　糰子
　13課　　　やってみよう　　映　　　　長谷寺　　　　鎌倉
　　か　　　　　　　　　　　　えい　　　はせでら　　　かまくら

57. おちゃ　　　　　　　お茶　　　　　　茶
　11課　　　見てみよう　　映　　　　温泉旅館　　　　温泉旅館を案内する
　　か　　　み　　　　　　えい　　　おんせんりょかん　　おんせんりょかん　あんない

58. おとうさん　　　　　お父さん　　　　（別人的）父親、（稱呼自己的父親時也使用）
　15課　　　ことば　　　　イ(2)　　　家　　　　　家族写真
　　か　　　　　　　　　　　　　　　　いえ　　　かぞくしゃしん

59. おとうと　　　　　　弟　　　　　　　　（自己的）弟弟
　　15課　　　ことば　　　イ(2)　　　　　　　家　　　　　家族写真
　　　か　　　　　　　　　　　　　　　　　　　いえ　　　　　か ぞくしゃしん

60. おとこもの　　　　　男物　　　　　　　男性用品
　　10課　　　応用スキット　映　　　　　　洋服店　　　　友だちへのプレゼントを選ぶ
　　　か　　　　　おうよう　　　えい　　　　　ようふくてん　　　とも　　　　　　　　　　えら

61. おなか　　　　　　　おなか　　　　　　肚子
　　16課　　　ことば　　　イ(1)
　　　か

62. おなかがいたい　　　おなかが痛い　　　肚子痛
　　16課　　　ことば　　　イ(2)
　　　か

63. おにいさん　　　　　お兄さん　　　　　（別人的）哥哥
　　15課　　　ことば　　　イ(2)　　　　　　　家　　　　　家族写真
　　　か　　　　　　　　　　　　　　　　　　　いえ　　　　　か ぞくしゃしん

64. おねえさん　　　　　お姉さん　　　　　（別人的）姉姉
　　15課　　　ことば　　　イ(2)　　　　　　　家　　　　　家族写真
　　　か　　　　　　　　　　　　　　　　　　　いえ　　　　　か ぞくしゃしん

65. おばあさん　　　　　おばあさん　　　　祖父、外婆、老奶奶
　　15課　　　使い方　　　映　　　　　　　家　　　　　孫の写真を見て話す
　　　か　　　　つか かた　　　えい　　　　　いえ　　　　まご しゃしん み　　はな
　　15課　　　ことば　　　イ(2)　　　　　　　家　　　　　家族写真
　　　か　　　　　　　　　　　　　　　　　　　いえ　　　　　か ぞくしゃしん

66. おび　　　　　　　　帯　　　　　　　　和服腰帶
　　9課　　　これは何　　　映　　　　　　柔道場
　　　か　　　　　　　なに　　えい　　　　　じゅうどうじょう
　　11課　　　やってみよう　映　　　　　　和室　　　　ゆかたを着る
　　　か　　　　　　　　　　えい　　　　　わしつ　　　　　　　　　き

67. オフィス　　　　　　オフィス　　　　　辦公室
　　10課　　　使い方　　　映　　　　　　会社　　　　後輩が先輩に電卓を借りる
　　　か　　　　つか かた　　　えい　　　　　かいしゃ　　　こうはい せんぱい てんたく か
　　14課　　　使い方　　　映　　　　　　会社　　　　電気をつけかえる
　　　か　　　　つか かた　　　えい　　　　　かいしゃ　　　でんき

68. おふろ　　　　　　　お風呂　　　　　　浴池、澡堂、澡盆
　　11課　　　見てみよう　映　　　　　　温泉旅館　　　温泉旅館を案内する
　　　か　　　　み　　　　　えい　　　　　おんせんりょかん　　おんせんりょかん あんない
　　14課　　　見てみよう　映　　　　　　家　　　　　高校生の携帯電話
　　　か　　　　み　　　　　えい　　　　　いえ　　　　こうこうせい けいたいでんわ

69. おべんとう　　　　　お弁当　　　　　　便當
　　16課　　　使い方　　　映　　　　　　台所　　　　ふたを開けるのを頼む
　　　か　　　　つか かた　　　えい　　　　　だいどころ　　　　　あ　　　　　たの

70. おみこし　　　　　　お神輿　　　　　　神轎
　　15課　　　応用スキット　映　　　　　　神社の境内　　咲とめぐみと健太が祭りに行く
　　　か　　　　おうよう　　　えい　　　　　じんじゃ けいだい　さき　　　　　けんた まつ
　　15課　　　見てみよう　映　　　　　　神社　　　　お祭り
　　　か　　　　み　　　　　えい　　　　　じんじゃ　　　　まつ

71. おみやげ　　　　　　お土産　　　　　　伴手禮、土産
　　13課　　　やってみよう　映　　　　　　江ノ島　　　　鎌倉・江ノ島へ行く
　　　か　　　　　　　　　　えい　　　　　え しま　　　　かまくら え しま い
　　11課　　　世界　　　　映　　　　　　土産店・学校　ケニア
　　　か　　　　せかい　　　えい　　　　　みやげてん がっこう

72. おりがみ　　折り紙　　摺紙

16課	やってみよう	映	教室	折り鶴を折る
12課	世界	映	コンテスト会場	タイ
15課	世界	映		メキシコ

73. おりづる　　折り鶴　　紙鶴

16課	やってみよう	映	教室	折り鶴を折る
15課	世界	映		メキシコ

74. おんせん　　温泉　　温泉

11課	基本スキット	映	旅館	温泉に入る

75. おんせんたまご　　温泉卵　　温泉蛋

11課	見てみよう	映	温泉旅館	温泉旅館を案内する

76. おんせんりょかん　　温泉旅館　　温泉旅館

11課	見てみよう	映	温泉旅館	温泉旅館を案内する
11課	ことば	イ(1)	温泉旅館	

か

77. カーディガン　　カーディガン　　開襟羊毛衫

10課	ことば	イ(2)		女子ふだん着

78. カード　　カード　　卡片

13課	見てみよう	映	駅	電車の乗り方

79. かいぎしつ　　会議室　　會議室

13課	使い方	映	会議室	机を並べる

80. かいさつぐち　　改札口　　剪票口、驗票口

13課	基本スキット	映	駅	行き方を聞く
13課	応用スキット	映	駅	駅員に行き方を聞く
13課	見てみよう	映	駅	電車の乗り方
13課	ことば	イ(1)	駅	

81. かいしゃ　　会社　　公司

16課	使い方	映	会社	机で寝ている社員に声をかける

82. かいだん　　階段　　階梯

13課	基本スキット	映	駅	行き方を聞く
13課	ことば	イ(1)	駅	

83. ガイドブック　　ガイドブック　　指南、導覽手冊

11課	世界	映	観光の専門学校	ケニア

84.	かいもの		買い物	購物、買東西	
	10課 か	見てみよう み	映 えい	原宿 はらじゅく	原宿を案内する はらじゅく あんない
85.	かお		顔	臉	
	16課 か	ことば	イ(1)		
86.	かおもじ		顔文字	表情文字	
	14課 か	やってみよう	映 えい	ホール	携帯メールをうつ けいたい
87.	かおをあらいます		顔を洗います	洗臉	
	11課 か	ことば	イ(2)	家 いえ	
88.	かがくぶ		化学部	化學社	
	12課 か	見てみよう み	映 えい	高校 こうこう	いろいろな部活を見る ぶかつ み
	12課 か	ことば	イ(2)	学校 がっこう	部活 ぶかつ
89.	かき		花器	花器	
	9課 か	やってみよう	映 えい	生け花教室 い ばなきょうしつ	生け花をする い ばな
90.	がくせいふく		学生服	學生服	
	12課 か	やってみよう	映 えい	体育館 たいいくかん	応援の練習をする おうえん れんしゅう
91.	がくラン		学ラン	直領男學生制服	
	10課 か	ことば	イ(2)	学校 がっこう	男子制服 だんしせいふく
92.	かぞくのゆうしょくふうけい		家族の夕食風景	家庭的晚餐景象	
	10課 か	使い方 つか かた	映 えい	家 いえ	たばこをすう許可をもらう きょか
93.	がっき		楽器	樂器	
	12課 か	見てみよう み	映 えい	高校 こうこう	吹奏楽部(部活)の活動 すいそうがくぶ ぶかつ かつどう
94.	がっこうのせんせい		学校の先生	學校老師	
	15課 か	使い方 つか かた	映 えい	幼稚園 ようちえん	大きくなってなりたいものをきく おお
95.	がっしょうぶ		合唱部	合唱團	
	12課 か	ことば	イ(2)	学校 がっこう	部活 ぶかつ
96.	カップル		カップル	情侶	
	14課 か	応用スキット おうよう	映 えい	公園 こうえん	咲とめぐみがかおるに会う さき あ
97.	かどう		華道	花道	
	9課 か	ことば	イ(1)		習い事 なら ごと
98.	かなしい		悲しい	悲傷	
	14課 か	ことば	イ(1)		携帯電話の絵文字 けいたいでんわ えもじ

234

99. かまくら　　　　　　鎌倉　　　　　　鎌倉
　　13課　　やってみよう　映　　鎌倉　　鎌倉・江ノ島へ行く
　　　か　　　　　　　　　えい　　かまくら　　かまくら え しま い

100. かゆい　　　　　　　かゆい　　　　　癢
　　16課　　ことば　　　イ(2)
　　　か

101. カラオケてん　　　カラオケ店　　　卡拉OK店、KTV
　　12課　　使い方　　映　　カラオケ店の受付　待ち時間を聞く
　　　か　　つか かた　えい　　　　みせ うけつけ　ま じかん き

102. カルチャースクール　カルチャースクール　文化學校
　　13課　　世界　　　映　　学校　　タイ・書道教室
　　　か　　せ かい　えい　　がっこう　　しょどうきょうしつ

103. かんこうきゃく　　観光客　　　　　観光客
　　9課　　世界　　　映　　街の中　　インドネシア
　　　か　　せ かい　えい　まち なか
　　10課　　世界　　　映　　サファリツアー　ケニア
　　　か　　せ かい　えい
　　11課　　世界　　　映　　　　　　ケニア
　　　か　　せ かい　えい

104. かんこうのせんもんがっこう 観光の専門学校　観光専科學校
　　11課　　世界　　　映　　学校　　ケニア
　　　か　　せ かい　えい　がっこう

105. かんじのTシャツ　漢字のTシャツ　漢字T恤
　　13課　　世界　　　映　　部屋　　タイ
　　　か　　せ かい　えい　へや

106. かんじのはなし　　漢字の話　　　談論漢字
　　16課　　世界　　　映　　カフェ　ニューヨーク
　　　か　　せ かい　えい

107. かんじゃ　　　　　患者　　　　　病患
　　9課　　世界　　　映　　病院　　インドネシア・日本人の患者
　　　か　　せ かい　えい　びょういん　　　にほんじん かんじゃ

108. かんしゃのてがみ　感謝の手紙　　感謝信
　　10課　　世界　　　映　　会社　　ケニア・日本人観光客から
　　　か　　せ かい　えい　かいしゃ　　　にほんじんかんこうきゃく

109. かんぱい　　　　　乾杯　　　　　乾杯
　　15課　　使い方　　映　　オフィス街　ビールを飲む
　　　か　　つか かた　えい　　　　がい　　　　の

110. かんぷまさつ　　　乾布摩擦　　　乾布擦身
　　16課　　見てみよう　映　　幼稚園　健康法
　　　か　　み　　　えい　ようちえん　けんこうほう

111. ききます　　　　　聞きます　　　聽
　　9課　　ことば　　イ(2)　公園　ストリート音楽
　　　か　　　　　　　こうえん　　　おんがく

112. きしょうよほうし　気象予報士　　氣象播報員
　　9課　　使い方　　映　　テレビ　天気予報をする
　　　か　　つか かた　えい　　　　てんき よほう

113. きせつ　　　　　　季節　　　　　季節
　　14課　　ことば　　イ(2)
　　　か

235

114. ギターをひきます　ギターを弾きます　彈吉他
9課　　ことば　　イ(2)　　公園
か　　　　　　　　　　　　こうえん

115. きっぷ　　切符　　車票、入場券
13課　　見てみよう　映　　駅　　電車の乗り方
か　　　み　　　　えい　　えき　　てんしゃ　の　かた

116. きっぷうりば　切符売り場　售票處
9課　　使い方　　映　　映画館　　切符売り場で始まりの時間を聞く
か　　つか かた　えい　　えいがかん　　きっぷ う ば はじ じかん き

117. きねんしゃしん　記念写真　紀念照片
12課　　使い方　　映　　公園　　2人で写真を撮り合う
か　　つか かた　えい　　こうえん　　ふたり しゃしん と あ

118. きます　　着ます　　穿（襯衫等上半身衣物）
11課　　ことば　　イ(2)　　家
か　　　　　　　　　　　　いえ

119. きもの　　着物　　和服
9課　　見てみよう　映　　お稽古場　　習い事
か　　　み　　　　えい　　けいこ ば　　なら ごと
14課　　世界　　映　　部屋　　メキシコ・大切にしているもの
か　　せかい　えい　　へや　　たいせつ

120. きゃくしつ　客室　　客房（旅館的房間）
（りょかんのへや）（旅館の部屋）
11課　　ことば　　イ(1)　　温泉旅館
か　　　　　　　　　　　　おんせんりょかん

121. きゃたつ　脚立　　梯凳
14課　　使い方　　映　　会社　　電気をつけかえる
か　　つか かた　えい　　かいしゃ　　でんき

122. キャッチ　キャッチ　電話插播
12課　　使い方　　映　　公園　　歩きながら電話する
か　　つか かた　えい　　こうえん　　ある でんわ

123. きょうと　京都　　京都
15課　　使い方　　映　　旅行代理店　　行きたいところを話す
か　　つか かた　えい　　りょこうだいりてん　い はな

124. きらい(な)　嫌い(な)　不喜歡、討厭
14課　　ことば　　イ(1)　　携帯電話の絵文字
か　　　　　　　　　　　　けいたいでんわ えもじ

125. キリン　キリン　長頸鹿
10課　　世界　　映　　サファリツアー　ケニア
か　　せかい　えい

126. きる　　切る　　切
13課　　使い方　　映　　台所　　アボカドの切り方
か　　つか かた　えい　　だいどころ　　き かた

127. くしゃみをする　くしゃみをする　打噴嚏
16課　　ことば　　イ(2)
か

128. くち　　口　　嘴巴
16課　　ことば　　イ(1)
か

129. くつ 靴 鞋子
10課 ことば イ(2) 学校 男子制服
か がっこう だんしせいふく

130. くつした 靴下 襪子
10課 ことば イ(2) 学校 女子制服
か がっこう じょしせいふく

131. くまで 熊手 竹耙子
15課 見てみよう 映 神社 お祭り
か み えい じんじゃ まつ

132. くもり 曇り 陰天
14課 ことば イ(2) 天気図(日本地図)
か てんきず にほんちず

133. クレープ クレープ 可麗餅
10課 見てみよう 映 原宿 原宿を案内する
か み えい はらじゅく はらじゅく あんない

134. けいたいでんわ 携帯電話 手機
14課 基本スキット 映 街の中 待ち合わせる
か きほん えい まち なか ま あ
9課 応用スキット 映 スポーツジム ジムで運動する
か おうよう えい うんどう
13課 これは何 映
か なに
13課 見てみよう 映 駅 電車の乗り方
か み えい えき でんしゃ の かた
14課 見てみよう 映 公園 高校生の携帯電話
か み えい こうえん こうこうせい けいたいでんわ
14課 やってみよう 映 ホール 携帯メールをうつ
か えい けいたい
12課 使い方 映 公園 歩きながら電話する
か つか かた えい こうえん ある でんわ

135. けいたいでんわのシール 携帯電話のシール 手機的螢幕保護貼
14課 これは何 映 他の人から見えなくなるシール
か なに ほか ひと み

136. けいたいでんわのしゃしん 携帯電話の写真 手機拍的照片
14課 応用スキット 映 公園 咲とめぐみがかおるに会う
か おうよう えい こうえん さき あ

137. けいたいメール 携帯メール 手機簡訊
14課 やってみよう 映 ホール 携帯メールをうつ
か えい けいたい

138. ゲームセンター ゲームセンター 電動遊樂場
13課 使い方 映 台所 太鼓(ゲーム)の叩き方
か つか かた えい だいどころ たいこ たた かた

139. けがをした 怪我をした 受傷了
16課 ことば イ(2)
か

140. けがをする 怪我をする 受傷
16課 基本スキット 映 学校 エリンが転んで保健室に行く
か きほん えい がっこう ころ ほけんしつ い

141. けしょうしつ 化粧室 化妝室
10課 ことば イ(1) デパート
か

237

142. ケニア　　　　　　　ケニア　　　　　　　肯亞
- 10課　　　世界　　　　　映
　　か　　　せかい　　　　　えい
- 11課　　　世界　　　　　映
　　か　　　せかい　　　　　えい

143. けんこうほう　　　　健康法　　　　　　　健康法
- 16課　　　見てみよう　　映　　　　　幼稚園・家　　　　健康法
　　か　　　み　　　　　　　えい　　　　ようちえん　いえ　　けんこうほう

144. けんざん　　　　　　剣山　　　　　　　　剣山
- 9課　　　やってみよう　映　　　　　生け花教室　　　　生け花をする
　　か　　　　　　　　　　えい　　　　いけばなきょうしつ　いけ ばな

145. けんどう　　　　　　剣道　　　　　　　　剣道
- 9課　　　見てみよう　　映　　　　　剣道場　　　　　　習い事
　　か　　　み　　　　　　　えい　　　　けんどうじょう　　なら ごと
- 14課　　　世界　　　　　映　　　　　日本メキシコ学院　メキシコ
　　か　　　せかい　　　　　えい　　　　にほん　　　がくいん
- 9課　　　ことば　　　　イ(1)　　　　　　　　　　　　習い事
　　か　　　　　　　　　　　　　　　　　　　　　　　　なら ごと

146. けんばいき　　　　　券売機　　　　　　　售票機
- 13課　　　見てみよう　　映　　　　　駅　　　　　　　　電車の乗り方
　　か　　　み　　　　　　　えい　　　　えき　　　　　　　てんしゃ の かた
- 13課　　　ことば　　　　イ(1)　　　　駅
　　か　　　　　　　　　　　　　　　　えき

147. こうてい　　　　　　校庭　　　　　　　　校園
- 12課　　　見てみよう　　映　　　　　高校　　　　　　　野球部(部活)の活動
　　か　　　み　　　　　　　えい　　　　こうこう　　　　　やきゅうぶ ぶかつ かつどう

148. こうはい　　　　　　後輩　　　　　　　　後輩、學弟妹
- 12課　　　応用スキット　映　　　　　学校　　　　　　　テニス部で練習する
　　か　　　おうよう　　　　えい　　　　がっこう　　　　　　ぶ れんしゅう

149. コスプレ　　　　　　コスプレ　　　　　　角色扮演
- 10課　　　見てみよう　　映　　　　　原宿　　　　　　　原宿を案内する
　　か　　　み　　　　　　　えい　　　　はらじゅく　　　　はらじゅく あんない

150. ごたんだ　　　　　　五反田　　　　　　　五反田
- 13課　　　応用スキット　映　　　　　駅　　　　　　　　駅名
　　か　　　おうよう　　　　えい　　　　えき　　　　　　　えきめい

151. ごめんなさい　　　　ごめんなさい　　　　對不起
- 14課　　　ことば　　　　イ(1)　　　　　　　　　　　　携帯電話の絵文字
　　か　　　　　　　　　　　　　　　　　　　　　　　　けいたいでんわ えもじ

152. コンタクト　　　　　コンタクト　　　　　隱形眼鏡
- 14課　　　応用スキット　映　　　　　公園　　　　　　　咲とめぐみがかおるに会う
　　か　　　おうよう　　　　えい　　　　こうえん　　　　　さき　　　　　　　　あ

さ

153. ざいだん　　　　　　財団　　　　　　　　財團
- 16課　　　世界　　　　　映　　　　　オフィス　　　　　日本とアメリカの交流
　　か　　　せかい　　　　　えい　　　　　　　　　　　　にほん　　　　　　こうりゅう

154. さかなうりば　　　　魚売り場　　　　　　魚賣場
- 10課　　　使い方　　　　映　　　　　デパートの地下　　子どもが試食する
　　か　　　つか かた　　　えい　　　　　　　　ちか　　　こ　　　ししょく

155.	♪さくらさくら	さくらさくら	櫻花櫻花（歌曲名）	
	14課 か　世界 せかい	映 えい	部屋 へや	メキシコ・オルゴール
156.	サッカーぶ	サッカー部	足球社	
	12課 か　ことば	イ(1)	学校 がっこう	部活 ぶかつ
157.	さどう	茶道	茶道	
	9課 か　ことば	イ(1)		習い事 ならごと
158.	サファリツアー	サファリツアー	遊獵旅行	
	10課 か　世界 せかい	映 えい		ケニア
159.	サラリーマン	サラリーマン	上班族	
	15課 か　使い方 つかいかた	映 えい	オフィス街 がい	ビールを飲みにいく話をする の　はなし
160.	さんぽします	散歩します	散歩	
	11課 か　ことば	イ(2)	家 いえ	
161.	さんぽする	散歩する	散歩	
	11課 か　見てみよう み	映 えい	温泉旅館 おんせんりょかん	温泉旅館を案内する おんせんりょかん　あんない
162.	サンラこくりつびょういん	サンラ国立病院	桑拉國立醫院	
	9課 か　世界 せかい	映 えい	病院 びょういん	インドネシア
163.	じこくひょう	時刻表	時刻表	
	13課 か　ことば	イ(1)	駅 えき	
164.	ししょく	試食	試吃	
	10課 か　使い方 つかいかた	映 えい	デパートの地下 ちか	子どもが試食する こ　ししょく
165.	ししょくコーナー	試食コーナー	試吃區	
	10課 か　使い方 つかいかた	映 えい	デパートの地下 ちか	子どもが試食する こ　ししょく
166.	しちゃくしつ	試着室	試衣間	
	10課 か　これは何 なに	映 えい	試着室 しちゃくしつ	婦人服 ふじんふく
167.	しちゃくする	試着する	試穿	
	10課 か　基本スキット きほん	映 えい	洋服店 ようふくてん	咲とエリン洋服を選ぶ さき　ようふく　えら
168.	じっけん	実験	實驗	
	12課 か　見てみよう み	映 えい	高校 こうこう	化学部(部活)の活動 かがくぶ　ぶかつ　かつどう
169.	しっぷをはる	湿布を貼る	貼藥布	
	16課 か　基本スキット きほん	映 えい	保健室 ほけんしつ	エリンが転んで保健室に行く ころ　ほけんしつ　い

239

170. じゃがバター　　　　じゃがバター　　　　奶油馬鈴薯
　　15課　　　応用スキット　　映　　　　神社の境内　　　咲とめぐみと健太が祭りに行く
　　か　　　　おうよう　　　えい　　　じんじゃ けいだい　　さき　　　　　けんた　まつ　い

171. しゃしん　　　　　　写真　　　　　　　照片
　　14課　　　見てみよう　　映　　　　公園　　　　　高校生の携帯電話
　　か　　　　み　　　　　えい　　　こうえん　　　　こうこうせい けいたいでんわ
　　15課　　　使い方　　　映　　　　家　　　　　　孫の写真を見て話す
　　か　　　　つか かた　　えい　　　いえ　　　　　まご しゃしん み はな

172. しゃしんをとります　写真を撮ります　　拍照
　　9課　　　ことば　　　イ(2)　　　公園
　　か　　　　　　　　　　　　　　こうえん

173. しゃしんをとる　　　写真を撮る　　　　拍照
　　13課　　　やってみよう　映　　　　長谷寺　　　　鎌倉
　　か　　　　　　　　　　えい　　　はせ でら　　　かまくら
　　12課　　　使い方　　　映　　　　公園　　　　　2人で写真を撮り合う
　　か　　　　つか かた　　えい　　　こうえん　　　　ふたり しゃしん と あ

174. しゃぶしゃぶ　　　　しゃぶしゃぶ　　　涮涮鍋
　　11課　　　使い方　　　映　　　　鍋料理店　　　鍋料理の手順を説明する
　　か　　　　つか かた　　えい　　　なべりょうりてん　なべりょうり て じゅん せつめい

175. シャワーをあびます　シャワーを浴びます　淋浴
　　11課　　　ことば　　　イ(2)　　　家
　　か　　　　　　　　　　　　　　いえ

176. じゅうどう　　　　　柔道　　　　　　　柔道
　　9課　　　基本スキット　映　　　　柔道場　　　　咲とエリンが柔道の練習を見る
　　か　　　　きほん　　　えい　　　じゅうどうじょう　さき　　　　　じゅうどう れんしゅう み
　　9課　　　世界　　　　映　　　　柔道場　　　　インドネシア
　　か　　　　せかい　　　えい　　　じゅうどうじょう
　　9課　　　ことば　　　イ(1)　　　　　　　　習い事
　　か　　　　　　　　　　　　　　　　　　　なら ごと

177. じゅうどうじょう　　柔道場　　　　　　柔道場
　　9課　　　基本スキット　映　　　　柔道場　　　　咲とエリンが柔道の練習を見る
　　か　　　　きほん　　　えい　　　じゅうどうじょう　さき　　　　　じゅうどう れんしゅう み
　　9課　　　世界　　　　映　　　　柔道場　　　　インドネシア
　　か　　　　せかい　　　えい　　　じゅうどうじょう

178. しょどう　　　　　　書道　　　　　　　書法
　　13課　　　世界　　　　映　　　　カルチャースクール　タイ
　　か　　　　せかい　　　えい
　　9課　　　ことば　　　イ(1)　　　　　　　　習い事
　　か　　　　　　　　　　　　　　　　　　　なら ごと

179. しょどうきょうしつ　書道教室　　　　　書法教室
　　13課　　　世界　　　　映　　　　カルチャースクール　タイ
　　か　　　　せかい　　　えい

180. じんじゃ　　　　　　神社　　　　　　　神社
　　15課　　　基本スキット　映　　　　神社　　　　　お祭りに行く
　　か　　　　きほん　　　えい　　　じんじゃ　　　　まつ い
　　15課　　　見てみよう　　映　　　　神社　　　　　お祭り
　　か　　　　み　　　　　えい　　　じんじゃ　　　　まつ

181. しんじゅく　　　　　新宿　　　　　　　新宿
　　13課　　　応用スキット　映　　　　駅　　　　　　駅名
　　か　　　　おうよう　　　えい　　　えき　　　　　えきめい

182. しんでん　　　　　　神殿　　　　　　　神殿
　　15課　　　見てみよう　　映　　　　神社　　　　　お祭り
　　か　　　　み　　　　　えい　　　じんじゃ　　　　まつ

| 183. | しんばしえきまえ | 新橋駅前 | 新橋車站前 | |
| | 15 課
か | 使い方
つかかた | 映
えい | オフィス街
がい | ビールを飲みにいく話をする
の　　　　はなし |

| 184. | すいえい | 水泳 | 游泳 | |
| | 9 課
か | ことば | イ(1) | | 習い事
ならごと |

185.	すいそうがくぶ	吹奏楽部	管樂社	
	12 課 か	見てみよう み	映 えい	高校 こうこう	いろいろな部活を見る ぶかつ　み
	12 課 か	ことば	イ(2)	学校 がっこう	部活 ぶかつ

| 186. | スカート | スカート | 裙子 | |
| | 10 課
か | ことば | イ(2) | 学校
がっこう | 女子制服
じょしせいふく |

| 187. | すき(な) | 好き(な) | 喜歡 | |
| | 14 課
か | ことば | イ(1) | | 携帯電話の絵文字
けいたいでんわ　えもじ |

| 188. | すぶり | 素振り | 空揮練習 | |
| | 12 課
か | 応用スキット
おうよう | 映
えい | 学校
がっこう | テニス部で練習する
ぶ　れんしゅう |

| 189. | スポーツジム | スポーツジム | 健身房 | |
| | 9 課
か | 応用スキット
おうよう | 映
えい | スポーツジム | ジムで運動する
うんどう |

| 190. | ズボン | ズボン | 褲子 | |
| | 10 課
か | ことば | イ(2) | | 男子ふだん着
だんし　　ぎ |

| 191. | スリッパ | スリッパ | 拖鞋 | |
| | 11 課
か | ことば | イ(1) | 温泉旅館
おんせんりょかん | 女性の浴衣姿
じょせい　ゆかたすがた |

| 192. | せいさんき | 精算機 | 補票機 | |
| | 13 課
か | 見てみよう
み | 映
えい | 駅
えき | 電車の乗り方
でんしゃ　の　かた |

| 193. | せいさんけん | 精算券 | 補票券 | |
| | 13 課
か | 見てみよう
み | 映
えい | 駅
えき | 電車の乗り方
でんしゃ　の　かた |

| 194. | せいふく | 制服 | 制服 | |
| | 10 課
か | ことば | イ(2) | 学校
がっこう | 高校生
こうこうせい |

| 195. | せきがでる | 咳が出る | 咳嗽 | |
| | 16 課
か | ことば | イ(2) | | |

| 196. | せんこうはなび | 線香花火 | 仙女棒 | |
| | 15 課
か | やってみよう | 映
えい | 庭
にわ | 花火をする
はなび |

| 197. | せんす | 扇子 | 扇子 | |
| | 9 課
か | 見てみよう
み | 映
えい | お稽古場
けいこば | 習い事
ならごと |

198.	せんぱい		先輩		前輩、學長姊	
	12課	基本スキット	映	学校		部活の見学を頼む
		きほん	えい	がっこう		ぶ かつ けんがく たの
	12課	応用スキット	映	学校		テニス部で練習する
		おうよう	えい	がっこう		ぶ れんしゅう
199.	ぞう		象		大象	
	9課	使い方	映	動物園		象がご飯を食べている
		つか かた	えい	どうぶつえん		ぞう はん た
200.	ゾウ		象		大象	
	10課	世界	映	サファリツアー	ケニア	
		せ かい	えい			
201.	そふ		祖父		(自己的) 祖父、外祖父	
	15課	ことば	イ(2)	家		家族写真
				いえ		か ぞくしゃしん
202.	そぼ		祖母		(自己的) 祖母、外祖母	
	15課	ことば	イ(2)	家		家族写真
				いえ		か ぞくしゃしん

た

203.	タイ		タイ		泰國	
	12課	世界	映			
		せ かい	えい			
	13課	世界	映			
		せ かい	えい			
204.	たいいく		体育		體育	
	16課	基本スキット	映	校庭		授業風景
		きほん	えい	こうてい		じゅぎょうふうけい
205.	たいこ		太鼓		太鼓	
	13課	使い方	映	ゲームセンター		太鼓(ゲーム)の叩き方
		つか かた	えい			たいこ たた かた
206.	だいどころ		台所		廚房	
	13課	使い方	映	台所		アボカドの切り方
		つか かた	えい	だいどころ		き かた
207.	だいよくじょう		大浴場		大浴池	
	11課	ことば	イ(1)	温泉旅館		
				おんせんりょかん		
208.	タオルかけ		タオル掛け		毛巾架	
	11課	これは何	映	旅館		
		なに	えい	りょかん		
209.	たけ		竹		竹子	
	16課	見てみよう	映	家		健康法
		み	えい	いえ		けんこうほう
210.	たけしたどおり		竹下通り		竹下通	
	10課	見てみよう	映	原宿		原宿を案内する
		み	えい	はらじゅく		はらじゅく あんない
211.	たこやき		たこ焼		章魚燒	
	15課	基本スキット	映	神社		お祭りに行く
		きほん	えい	じんじゃ		まつ い
	15課	ことば	イ(1)	祭り		
				まつ		

| 212. | たっきゅう | 卓球 | 桌球 | |
| | 11課（か） | 応用スキット（おうよう） | 映（えい） | 旅館（りょかん） | 卓球をする（たっきゅう） |

| 213. | たっきゅうしつ | 卓球室 | 桌球室 | |
| | 11課（か） | 応用スキット（おうよう） | 映（えい） | 旅館（りょかん） | 卓球をする（たっきゅう） |

| 214. | たっきゅうぶ | 卓球部 | 桌球社 | |
| | 12課（か） | ことば | イ(1) | 学校（がっこう） | 部活（ぶかつ） |

| 215. | たばこ | たばこ | 香菸 | |
| | 10課（か） | 使い方（つかかた） | 映（えい） | 家（いえ） | たばこをすう許可をもらう（きょか） |

| 216. | だんき | 団旗 | 隊旗 | |
| | 12課（か） | これは何（なに） | 映（えい） | 校庭（こうてい） | 応援団の旗（おうえんだん　はた） |

| 217. | たんじょうび | 誕生日 | 生日 | |
| | 10課（か） | 使い方（つかかた） | 映（えい） | レストラン | 誕生日プレゼントをもらう（たんじょうび） |

| 218. | ちか | 地下 | 地下 | |
| | 10課（か） | ことば | イ(1) | デパート | |

| 219. | ちち | 父 | 家父 | |
| | 15課（か） | ことば | イ(2) | 家（いえ） | 家族写真（かぞくしゃしん） |

| 220. | ツーショット | ツーショット | 男女両人的合照 | |
| | 14課（か） | 応用スキット（おうよう） | 映（えい） | 公園（こうえん） | 咲とめぐみがかおるに会う（さき　あ） |

| 221. | つうやく | 通訳 | 翻譯、口譯 | |
| | 13課（か） | 世界（せかい） | 映（えい） | 歯科医院（しかいいん） | タイ |

| 222. | つくえ | 机 | 桌子 | |
| | 13課（か） | 使い方（つかかた） | 映（えい） | 会議室（かいぎしつ） | 机を並べる（つくえ　なら） |

| 223. | つくえのならべかた | 机の並べ方 | 桌子的排法 | |
| | 13課（か） | 使い方（つかかた） | 映（えい） | 会議室（かいぎしつ） | 机を並べる（つくえ　なら） |

| 224. | つゆ | 梅雨 | 梅雨 | |
| | 14課（か） | ことば | イ(2) | | |

| 225. | つる | 鶴 | 鶴 | |
| | 16課（か） | やってみよう | 映（えい） | 教室（きょうしつ） | 折り鶴を折る（お　づる　お） |

| 226. | て | 手 | 手 | |
| | 16課（か） | ことば | イ(1) | | |

227. てつや			徹夜	熬夜、通宵	
	16課 か	使い方 つか かた	映 えい	会社 かいしゃ	机で寝ている社員に声をかける つくえ ね しゃいん こえ
228. テニス			テニス	網球	
	12課 か	応用スキット おうよう	映 えい	学校 がっこう	テニス部で練習する ぶ れんしゅう
229. テニスコート			テニスコート	網球場	
	12課 か	基本スキット き ほん	映 えい	学校 がっこう	部活の見学を頼む ぶかつ けんがく たの
	12課 か	応用スキット おうよう	映 えい	学校 がっこう	テニス部で練習する ぶ れんしゅう
230. テニスぶ			テニス部	網球社	
	12課 か	基本スキット き ほん	映 えい	学校 がっこう	部活の見学を頼む ぶかつ けんがく たの
	12課 か	応用スキット おうよう	映 えい	学校 がっこう	テニス部で練習する ぶ れんしゅう
	12課 か	ことば	イ(1)	学校 がっこう	部活 ぶかつ
231. デパート			デパート	百貨公司	
	10課 か	使い方 つか かた	映 えい	デパートの地下 ちか	子どもが試食する こ ししょく
	10課 か	ことば	イ(1)	デパート	
232. てんきよほう			天気予報	天氣預報	
	9課 か	使い方 つか かた	映 えい	テレビ	
233. でんしゃ			電車	電車	
	13課 か	これは何 なに	映 えい	電車 てんしゃ	
234. でんたく			電卓	電子計算機	
	10課 か	使い方 つか かた	映 えい	会社 かいしゃ	後輩が先輩に電卓を借りる こうはい せんぱい でんたく か
235. デンパサール			デンパサール	丹帕沙	
	9課 か	世界 せ かい	映 えい		インドネシア
236. てんぼうだい			展望台	瞭望台	
	13課 か	やってみよう	映 えい	江ノ島 え しま	鎌倉・江ノ島へ行く かまくら え しま い
237. でんわをします			電話をします	打電話	
	9課 か	ことば	イ(2)	公園 こうえん	携帯電話 けいたいでんわ
238. とうきょうえき			東京駅	東京車站	
	13課 か	応用スキット おうよう	映 えい	駅 えき	駅名 えきめい
	13課 か	見てみよう み	映 えい	駅 えき	電車の乗り方 てんしゃ の かた
239. とうきょうタワー			東京タワー	東京鐵塔	
	12課 か	使い方 つか かた	映 えい	公園 こうえん	写真を撮ってもらう しゃしん と

240. どうぶつえん　　　　動物園　　　　　　動物園
　　9課　　　使い方　　　映　　　動物園　　　象がご飯を食べている
　　　か　　　つかかた　　　えい　　どうぶつえん　　ぞう　はん　た

241. とけい　　　　　　　時計　　　　　　　鐘錶
　　16課　　　使い方　　　映　　　時計店　　　時計の修理を頼む
　　　か　　　つかかた　　　えい　　とけいてん　　とけい　しゅうり　たの

242. とけいてん　　　　　時計店　　　　　　鐘錶店
　　16課　　　使い方　　　映　　　時計店　　　時計の修理を頼む
　　　か　　　つかかた　　　えい　　とけいてん　　とけい　しゅうり　たの

243. トップコート　　　　トップコート　　　護甲油
　　10課　　　やってみよう　映　　　ネイルサロン　　ネイルアート
　　　か　　　　　　　　　　えい

244. とりい　　　　　　　鳥居　　　　　　　神社牌坊、鳥居
　　15課　　　見てみよう　映　　　神社　　　お祭り
　　　か　　　み　　　　　えい　　じんじゃ　　まつ

245. とりのいち　　　　　酉の市　　　　　　酉之市（日本的祭典名）
　　15課　　　見てみよう　映　　　神社　　　お祭り
　　　か　　　み　　　　　えい　　じんじゃ　　まつ

な

246. ナイロビ　　　　　　ナイロビ　　　　　奈洛比
　　10課　　　世界　　　映　　　　　　　　ケニア
　　　か　　　せかい　　　えい

247. なきます　　　　　　泣きます　　　　　哭
　　9課　　　ことば　　　イ(2)　　公園　　　女の子
　　　か　　　　　　　　　　　こうえん　　おんな　こ

248. なつ　　　　　　　　夏　　　　　　　　夏天
　　14課　　　ことば　　　イ(2)
　　　か

249. なべりょうり　　　　鍋料理　　　　　　火鍋料理
　　11課　　　使い方　　　映　　　鍋料理店　　　鍋料理の手順を説明する
　　　か　　　つかかた　　　えい　　なべりょうりてん　なべりょうり　てじゅん　せつめい

250. にく　　　　　　　　肉　　　　　　　　肉
　　11課　　　使い方　　　映　　　鍋料理店　　　鍋料理の手順を説明する
　　　か　　　つかかた　　　えい　　なべりょうりてん　なべりょうり　てじゅん　せつめい

251. にほんごコンテスト　日本語コンテスト　日語比賽
　　12課　　　世界　　　映　　　コンテスト会場　　タイ
　　　か　　　せかい　　　えい　　　　　　かいじょう

252. にほんごのガイド　　日本語のガイド　　日語導遊
　　10課　　　世界　　　映　　　サファリツアー　　ケニア
　　　か　　　せかい　　　えい

253. にほんごのじゅぎょう　日本語の授業　　　日語課程
　　14課　　　世界　　　映　　　日本メキシコ学院　メキシコ
　　　か　　　せかい　　　えい　　にほん　　　　がくいん

254. にほんごのしんぶん　日本語の新聞　　　日語報紙
　　16課　　　世界　　　映　　　オフィス
　　　か　　　せかい　　　えい

255. にほんちず 日本地図 日本地圖
14課 ことば イ(2) 天気図(天気予報)
てんき ず てんき よほう

256. にほんのりょうり 日本の料理 日式料理
12課 世界 映 コンテスト会場 タイ
か せかい えい かいじょう

257. にほんぶよう 日本舞踊 日本舞蹈
9課 見てみよう 映 お稽古場 習い事
か み えい けいこ ば なら ごと
14課 世界 映 けいこ メキシコ・習い事
か せかい えい なら ごと
14課 世界 映 発表会 メキシコ・習い事
か せかい えい はっぴょうかい なら ごと

258. にほんメキシコがくいん 日本メキシコ学院 日本墨西哥學院
14課 世界 映 学校 メキシコ
か せかい えい がっこう

259. にほんりょうりてん 日本料理店 日式料理店
15課 世界 映 メキシコ
か せかい えい

260. にもつ 荷物 行李、包裹
13課 これは何 映 電車
か なに えい でんしゃ

261. ニューヨーク ニューヨーク 紐約
16課 世界 映 アメリカ
か せかい えい

262. ぬいぐるみ ぬいぐるみ 布偶
14課 見てみよう 映 高校生の携帯電話
か み えい こうこうせい けいたいでん わ

263. ぬぎます 脱ぎます 脱(衣服、鞋等)
11課 ことば イ(2) 家
か いえ

264. ネイリスト ネイリスト 美甲師
10課 やってみよう 映 ネイルサロン ネイルアート
か えい

265. ネイルアート ネイルアート 指甲彩繪
10課 やってみよう 映 ネイルサロン ネイルアート
か えい

266. ネイルシール ネイルシール 美甲貼紙
10課 やってみよう 映 ネイルサロン ネイルアート
か えい

267. ネクタイ ネクタイ 領帶
10課 ことば イ(2) 学校 男子制服
か がっこう だん し せいふく

268. ねつがある 熱がある 發燒
16課 ことば イ(2)
か

269. ねます 寝ます 睡覺
11課 ことば イ(2) 家
か いえ

270. ねむい　　　　　　　眠い　　　　　　　睏
　　14課　　　ことば　　　イ(1)　　　　　　　　　　　　　　　　携帯電話の絵文字
　　　か　　　　　　　　　　　　　　　　　　　　　　　　　　　けいたいでんわ　えもじ

271. のりあいバス　　　　乗り合いバス　　　共乗巴士
　　12課　　　世界　　　映　　　街の中　　　　　タイ
　　　か　　　　せかい　　えい　　まち なか

272. のりかえ　　　　　　乗り換え　　　　　轉乗
　　13課　　　応用スキット　映　　　駅　　　　　　駅員に行き方を聞く
　　　か　　　おうよう　　えい　　えき　　　　　　えきいん い かた き

は

273. は　　　　　　　　　歯　　　　　　　　牙齒
　　16課　　　ことば　　　イ(1)
　　　か

274. はいしゃ　　　　　　歯医者　　　　　　牙醫
　　16課　　　応用スキット　映　　　歯科医院　　歯医者で治療する
　　　か　　　おうよう　　えい　　しか いいん　　はいしゃ　ちりょう
　　13課　　　世界　　　映　　　歯科医院　　タイ
　　　か　　　せかい　　えい　　しか いいん

275. はくしゅ　　　　　　拍手　　　　　　　拍手、鼓掌
　　12課　　　やってみよう　映　　　体育館　　　応援団の練習をする
　　　か　　　　　　　　えい　　たいいくかん　おうえんだん　れんしゅう

276. はさみ　　　　　　　はさみ　　　　　　剪刀
　　9課　　　やってみよう　映　　　生け花教室　生け花をする
　　　か　　　　　　　　えい　　い ばなきょうしつ　い ばな

277. はしります　　　　　走ります　　　　　跑、奔馳
　　9課　　　ことば　　　イ(2)　　　公園　　　　ジョギング
　　　か　　　　　　　　　　　　こうえん

278. バスケットぶ　　　　バスケット部　　　籃球社
　　12課　　　ことば　　　イ(1)　　　学校　　　　部活
　　　か　　　　　　　　　　　　がっこう　　　ぶかつ

279. はせえき　　　　　　長谷駅　　　　　　長谷車站
　　13課　　　やってみよう　映　　　長谷駅　　　鎌倉
　　　か　　　　　　　　えい　　はせ えき　　かまくら

280. はせでら　　　　　　長谷寺　　　　　　長谷寺
　　13課　　　やってみよう　映　　　長谷寺　　　鎌倉
　　　か　　　　　　　　えい　　はせ でら　　かまくら

281. はちまき　　　　　　はちまき　　　　　一字巾
　　15課　　　見てみよう　映　　　神社　　　　お祭り
　　　か　　　み　　　　えい　　じんじゃ　　まつ

282. はっぴ　　　　　　　はっぴ　　　　　　法被、半被（日本的一種短褂）
　　15課　　　見てみよう　映　　　神社　　　　お祭り
　　　か　　　み　　　　えい　　じんじゃ　　まつ

283. はな　　　　　　　　花　　　　　　　　花
　　9課　　　やってみよう　映　　　生け花教室　生け花をする
　　　か　　　　　　　　えい　　い ばなきょうしつ　い ばな

284. はな　　　　　　　　鼻　　　　　　　　鼻子
　　16課　　　ことば　　　イ(1)
　　　か

285. はなび　　　　　　　　花火　　　　　　　煙火
　　15課　　　これは何　　　映　　
　　　か　　　　　　なに　　　えい
　　15課　　　やってみよう　映　　　　　　庭　　　　　　花火をする
　　　か　　　　　　　　　　えい　　　　　　にわ　　　　　　はなび

286. はなみずがでる　　　　鼻水が出る　　　　流鼻水
　　16課　　　ことば　　　イ(2)
　　　か

287. はは　　　　　　　　　母　　　　　　　　家母
　　15課　　　ことば　　　イ(2)　　　　　　家　　　　　　家族写真
　　　か　　　　　　　　　　　　　　　　　いえ　　　　　　か ぞくしゃしん

288. はみがき　　　　　　　歯磨き　　　　　　刷牙、牙膏
　　11課　　　使い方　　　映　　　　　　　家　　　　　　寝る前に歯磨きをする
　　　か　　　　つか かた　えい　　　　　　いえ　　　　　ね まえ はみが

289. はらじゅく　　　　　　原宿　　　　　　　原宿
　　10課　　　見てみよう　映　　　　　　　原宿　　　　　原宿を案内する
　　　か　　　　み　　　　　えい　　　　　　はらじゅく　　はらじゅく あんない

290. バリとう　　　　　　　バリ島　　　　　　峇里島
　　9課　　　　世界　　　　映　　　　　　　　　　　　　インドネシア
　　　か　　　　せ かい　　えい

291. はる　　　　　　　　　春　　　　　　　　春天
　　14課　　　ことば　　　イ(2)
　　　か

292. はれ　　　　　　　　　晴れ　　　　　　　晴天
　　14課　　　ことば　　　イ(2)　　　　　　　　　　　　天気図(日本地図)
　　　か　　　　　　　　　　　　　　　　　　　　　　　　てん き ず にほん ち ず

293. バレエ　　　　　　　　バレエ　　　　　　芭蕾舞
　　9課　　　　ことば　　　イ(1)　　　　　　　　　　　　習い事
　　　か　　　　　　　　　　　　　　　　　　　　　　　　なら ごと

294. バレーボールぶ　　　　バレーボール部　　排球社
　　12課　　　ことば　　　イ(1)　　　　　　学校　　　　　部活
　　　か　　　　　　　　　　　　　　　　　がっこう　　　ぶ かつ

295. はをみがきます　　　　歯を磨きます　　　刷牙
　　11課　　　ことば　　　イ(2)　　　　　　家
　　　か　　　　　　　　　　　　　　　　　いえ

296. バンコク　　　　　　　バンコク　　　　　曼谷
　　12課　　　世界　　　　映　　　　　　　　　　　　　タイ
　　　か　　　　せ かい　　えい
　　13課　　　世界　　　　映　　　　　　　　　　　　　タイ
　　　か　　　　せ かい　　えい

297. ピアノ　　　　　　　　ピアノ　　　　　　鋼琴
　　9課　　　　見てみよう　映　　　　　　　ピアノ教室　　習い事
　　　か　　　　み　　　　　えい　　　　　　　きょうしつ　なら ごと
　　9課　　　　ことば　　　イ(1)　　　　　　　　　　　　習い事
　　　か　　　　　　　　　　　　　　　　　　　　　　　　なら ごと

298. ピアノきょうしつ　　　ピアノ教室　　　　鋼琴教室
　　9課　　　　見てみよう　映　　　　　　　ピアノ教室　　習い事
　　　か　　　　み　　　　　えい　　　　　　　きょうしつ　なら ごと

299. びじゅつぶ　　　　美術部　　　　　美術社
　　12 課　　　ことば　　　イ(2)　　　　学校　　　　　部活
　　　か　　　　　　　　　　　　　　　　　がっこう　　　　ぶかつ

300. びっくり　　　　　びっくり　　　　吃驚、嚇一跳
　　14 課　　　ことば　　　イ(1)　　　　　　　　　　携帯電話の絵文字
　　　か　　　　　　　　　　　　　　　　　　　　　　けいたいでんわ　えもじ

301. ひも　　　　　　　紐　　　　　　　繩子
　　11 課　　　やってみよう　映　　　　和室　　　　　ゆかたを着る
　　　か　　　　　　　　　　　えい　　　わしつ　　　　　　　　　き

302. ピンセット　　　　ピンセット　　　鑷子
　　10 課　　　やってみよう　映　　　　ネイルサロン　ネイルアート
　　　か　　　　　　　　　　　えい

303. ビンのふた　　　　ビンのふた　　　瓶蓋
　　16 課　　　使い方　　　映　　　　台所　　　　　ふたを開けるのを頼む
　　　か　　　つか　かた　えい　　　だいどころ　　　　　　あ　　　　たの

304. フェイスカバー　　フェイスカバー　面罩
　　10 課　　　これは何　　映　　　　試着室
　　　か　　　　　　なに　えい　　　しちゃくしつ

305. ぶかつ　　　　　　部活　　　　　　社團活動
　　12 課　　　基本スキット　映　　　学校　　　　　部活の見学を頼む
　　　か　　　きほん　　　えい　　　がっこう　　　　ぶかつ　けんがく　たの
　　12 課　　　見てみよう　映　　　　高校　　　　　いろいろな部活を見る
　　　か　　　み　　　　　えい　　　こうこう　　　　　　　　　　　ぶかつ　み

306. ふじんけいかん　　婦人警官　　　　女警
　　15 課　　　使い方　　　映　　　　幼稚園　　　　大きくなってなりたいものをきく
　　　か　　　つか　かた　えい　　　ようちえん　　おお

307. ふだんぎ　　　　　普段着　　　　　便服、家居服
　　10 課　　　ことば　　　イ(2)　　　　学校
　　　か　　　　　　　　　　　　　　　　　がっこう

308. ふとん　　　　　　布団　　　　　　棉被、墊被
　　11 課　　　見てみよう　映　　　　温泉旅館　　　温泉旅館を案内する
　　　か　　　み　　　　　えい　　　おんせんりょかん　おんせんりょかん　あんない

309. ふゆ　　　　　　　冬　　　　　　　冬天
　　14 課　　　ことば　　　イ(2)
　　　か

310. ブラウス　　　　　ブラウス　　　　女襯衫、罩衫
　　10 課　　　ことば　　　イ(2)　　　　学校　　　　　女子制服
　　　か　　　　　　　　　　　　　　　　　がっこう　　　　じょしせいふく

311. フレーム　　　　　フレーム　　　　框架、框緣
　　14 課　　　使い方　　　映　　　　メガネ店　　　メガネをさがす
　　　か　　　つか　かた　えい　　　　　　　てん

312. プレゼント　　　　プレゼント　　　禮物
　　10 課　　　使い方　　　映　　　　レストラン　　誕生日プレゼントをもらう
　　　か　　　つか　かた　えい　　　　　　　　　　たんじょうび

313. ぶんかぶ　　　　　文化部　　　　　文藝社團
　　12 課　　　ことば　　　イ(2)　　　　学校　　　　　部活
　　　か　　　　　　　　　　　　　　　　　がっこう　　　　ぶかつ

314.	ペット		ペット	寵物	
	15課 か	ことば	イ(2)	家 いえ	家族写真 か ぞくしゃしん

315.	ベランダ		ベランダ	陽台、露台	
	10課 か	使い方 つか かた	映 えい	家 いえ	たばこをすう

316.	ベンチ		ベンチ	長椅	
	13課 か	ことば	イ(1)	駅 えき	

317.	ぼうぐ		防具	護具	
	9課 か	見てみよう み	映 えい	剣道場 けんどうじょう	習い事 なら ごと

318.	ぼうし		帽子	帽子	
	10課 か	ことば	イ(2)		女子ふだん着 じょし ぎ

319.	ほうそうぶ		放送部	廣播社	
	12課 か	ことば	イ(2)	学校 がっこう	部活 ぶ かつ

320.	ほうちょう		包丁	菜刀	
	13課 か	使い方 つか かた	映 えい	台所 だいどころ	アボカドの切り方 き かた

321.	ホーム		ホーム	月台	
	13課 か	基本スキット きほん	映 えい	駅 えき	行き方を聞く い かた き
	13課 か	ことば	イ(1)	駅 えき	

322.	ほけんしつ		保健室	保健室	
	16課 か	基本スキット きほん	映 えい	保健室 ほけんしつ	エリンが転んで保健室に行く ころ ほけんしつ い

323.	ほっかいどう		北海道	北海道	
	15課 か	使い方 つか かた	映 えい	旅行代理店 りょこうだいりてん	行きたいところを話す い はな

324.	ほねをおった		骨を折った	骨折	
	16課 か	ことば	イ(2)		

ま

325.	マサイぞく		マサイ族	馬賽族	
	11課 か	世界 せかい	映 えい	学校 がっこう	ケニア

326.	マジシャン		マジシャン	魔術師	
	15課 か	使い方 つか かた	映 えい	幼稚園 ようちえん	大きくなってなりたいものをきく おお

327.	ますい		麻酔	麻酔	
	16課 か	応用スキット おうよう	映 えい	歯科医院 し か いいん	歯医者で治療する は いしゃ ちりょう

328. まちあわせ　　　　待ち合わせ　　　　等候會合

	14課 か	基本スキット きほん	映 えい	街の中 まち　なか	待ち合わせる ま　あ
	11課 か	使い方 つか　かた	映 えい	映画館の前 えいがかん　まえ	

329. まちだ　　　　　　町田　　　　　　　　町田

	13課 か	基本スキット きほん	映 えい	駅 えき	道を聞く・地名 みち　き　　ちめい

330. まつり　　　　　　祭り　　　　　　　　慶典、廟會、祭典

	15課 か	基本スキット きほん	映 えい	神社 じんじゃ	お祭りに行く まつ　　い
	15課 か	応用スキット おうよう	映 えい	神社の境内 じんじゃ　けいだい	咲とめぐみと健太が祭りに行く さき　　　　　けんた　まつ　い
	15課 か	見てみよう み	映 えい	神社 じんじゃ	お祭り まつ

331. まどぐち　　　　　窓口　　　　　　　　窓口

	13課 か	見てみよう み	映 えい	駅 えき	電車の乗り方 でんしゃ　の　かた

332. まんが　　　　　　漫画　　　　　　　　漫畫

	9課 か	世界 せかい	映 えい	部屋 へや	インドネシア・趣味 しゅみ

333. みずあめ　　　　　水飴　　　　　　　　麥芽糖

	15課 か	ことば	イ(1)	祭り まつ	

334. みせ　　　　　　　店　　　　　　　　　商店

	10課 か	見てみよう み	映 えい	原宿 はらじゅく	原宿を案内する はらじゅく　あんない

335. みちをきく　　　　道を聞く　　　　　　問路

	13課 か	やってみよう	映 えい	長谷駅 はせ　えき	長谷寺への道を聞く はせでら　　みちき

336. みどりのまどぐち　みどりの窓口　　　　綠色窗口

	13課 か	ことば	イ(1)	駅 えき	

337. みみ　　　　　　　耳　　　　　　　　　耳朵

	16課 か	ことば	イ(1)		

338. みみかき　　　　　耳かき　　　　　　　挖耳杓

	16課 か	これは何 なに	映 えい	家 いえ	

339. みやげものてん　　土産物店　　　　　　土產店

	13課 か	やってみよう	映 えい	江ノ島 え　しま	鎌倉・江ノ島へ行く かまくら　え　しま　い

340. むしば　　　　　　虫歯　　　　　　　　蛀牙

	16課 か	応用スキット おうよう	映 えい	歯科医院 しかいいん	歯医者で治療する はいしゃ　ちりょう

341. め　　　　　　　　目　　　　　　　　　眼睛

	16課 か	ことば	イ(1)		

342. メール　　　　　　　　メール　　　　　　　電子郵件、簡訊

14 課	基本スキット	映	街の中	待ち合わせる
	きほん	えい	まち なか	ま あ
14 課	見てみよう	映	部屋	高校生の携帯電話
	み	えい	へや	こうこうせい けいたいでんわ

343. メガネてん　　　　　　メガネ店　　　　　　眼鏡行

14 課	使い方	映	メガネ店	メガネをさがす
	つか かた	えい	てん	

344. メキシコ　　　　　　　メキシコ　　　　　　墨西哥

14 課	世界	映	
	せかい	えい	
15 課	世界	映	
	せかい	えい	

345. メキシコシティ　　　　メキシコシティ　　　墨西哥城

14 課	世界	映		メキシコ
	せかい	えい		
15 課	世界	映		メキシコ
	せかい	えい		

346. めまいがする　　　　　めまいがする　　　　暈眩

16 課	ことば	イ(2)

や

347. やきそば　　　　　　　焼そば　　　　　　　炒麵

15 課	応用スキット	映	神社の境内	咲とめぐみと健太が祭りに行く
	おうよう	えい	じんじゃ けいだい	さき けんた まつ い
15 課	ことば	イ(1)	祭り	
			まつ	

348. やきとうもろこし　　　焼とうもろこし　　　烤玉米

15 課	ことば	イ(1)	祭り	
			まつ	

349. やきとり　　　　　　　焼き鳥　　　　　　　烤雞肉串

15 課	ことば	イ(1)	祭り	
			まつ	

350. やきゅうぶ　　　　　　野球部　　　　　　　棒球社

12 課	見てみよう	映	高校	いろいろな部活を見る
	み	えい	こうこう	ぶかつ み
12 課	ことば	イ(1)	学校	部活
			がっこう	ぶかつ

351. やさい　　　　　　　　野菜　　　　　　　　蔬菜

11 課	使い方	映	鍋料理店	鍋料理の手順を説明する
	つか かた	えい	なべりょうり てん	なべりょうり てじゅん せつめい

352. やたい　　　　　　　　屋台　　　　　　　　攤販

15 課	基本スキット	映	神社	お祭りに行く
	きほん	えい	じんじゃ	まつ い
15 課	応用スキット	映	神社の境内	咲とめぐみと健太が祭りに行く
	おうよう	えい	じんじゃ けいだい	さき けんた まつ い

353. ゆうしょく　　　　　　夕食　　　　　　　　晩餐

11 課	見てみよう	映	温泉旅館	温泉旅館を案内する
	み	えい	おんせんりょかん	おんせんりょかん あんない

354. ゆかた　　　　　　　浴衣　　　　　　浴衣

15課	基本スキット	映	神社	お祭りに行く
11課	応用スキット	映	旅館	卓球をする
15課	応用スキット	映	神社の境内	咲とめぐみと健太が祭りに行く
11課	見てみよう	映	温泉旅館	温泉旅館を案内する
11課	やってみよう	映	和室	ゆかたを着る
11課	ことば	イ(1)	温泉旅館	女性の浴衣姿

355. ようちえん　　　　　幼稚園　　　　　幼稚園

16課	見てみよう	映	幼稚園	健康法
15課	使い方	映	幼稚園	大きくなってなりたいものをきく

356. ようちえんのこども　幼稚園の子ども　幼稚園児童

15課	使い方	映	幼稚園	大きくなってなりたいものをきく

357. ようちえんのせんせい　幼稚園の先生　幼稚園老師

15課	使い方	映	幼稚園	大きくなってなりたいものをきく

358. ようふく　　　　　　洋服　　　　　　洋装、服飾

10課	基本スキット	映	洋服店	咲とエリンが洋服を選ぶ
10課	見てみよう	映	原宿	原宿を案内する

359. ようふくてん　　　　洋服店　　　　　洋服店

10課	基本スキット	映	洋服店	咲とエリンが洋服を選ぶ

360. ヨーヨーつり　　　　ヨーヨー釣り　　釣水球

15課	基本スキット	映	神社	お祭りに行く
15課	ことば	イ(1)	祭り	

361. よびます　　　　　　呼びます　　　　叫

9課	ことば	イ(2)	公園	犬
9課	ことば	イ(2)	公園	ベンチ・本

ら

362. ラインストーン　　　ラインストーン　水鑽

14課	見てみよう	映	部屋	高校生の携帯電話
10課	やってみよう	映	ネイルサロン	ネイルアート

363. リビング（ルーム）　リビング（ルーム）起居室

16課	見てみよう	映	家	家族と話しながら青竹を踏む

364. リボン　　　　　　　リボン　　　　　蝴蝶結、緞帯

10課	ことば	イ(2)	学校	女子制服

365. りょかん　　　　　　旅館　　　　　　旅館

11課	基本スキット	映	旅館	温泉に入る
11課	応用スキット	映	旅館	卓球をする・旅館の全景

366. りょかんのへや　　　旅館の部屋　　　旅館的客房

11課	基本スキット	映	旅館	温泉に入る
か	きほん	えい	りょかん	おんせん はい

367. りょこうがいしゃ　　旅行会社　　　旅行社

10課	世界	映	会社	ケニア
か	せかい	えい	かいしゃ	

368. りょこうだいりてん　旅行代理店　　　旅行社

15課	使い方	映	旅行代理店	行きたいところを話す
か	つか かた	えい	りょこうだいりてん	い はな

369. るす　　　　　　　　留守　　　　　　不在家、看家

14課	使い方	映	近所の家の前	母と子が近所の家をたずねる
か	つか かた	えい	きんじょ いえ まえ	はは こ きんじょ いえ

370. レストラン　　　　　レストラン　　　餐廳

10課	使い方	映	レストラン	誕生日プレゼントをもらう
か	つか かた	えい		たんじょう び

371. ろうそく　　　　　　ろうそく　　　　蠟燭

15課	やってみよう	映	庭	花火をする
か		えい	にわ	はな び

372. ろせんず　　　　　　路線図　　　　　路線圖

13課	応用スキット	映	駅	駅員に行き方を聞く
か	おうよう	えい	えき	えきいん い かた き
13課	ことば	イ(2)	駅	
か			えき	

373. ろてんぶろ　　　　　露天風呂　　　　露天浴池

11課	基本スキット	映	温泉	温泉に入る
か	きほん	えい	おんせん	おんせん はい
11課	見てみよう	映	温泉旅館	温泉旅館を案内する
か	み	えい	おんせんりょかん	おんせんりょかん あんない
11課	ことば	イ(1)	温泉旅館	
か			おんせんりょかん	

わ

374. ワイシャツ　　　　　ワイシャツ　　　西裝襯衫

10課	ことば	イ(2)	学校	男子制服
か			がっこう	だん し せいふく

375. わかものファッション　若者ファッション　年輕人的流行時尚

10課	見てみよう	映	原宿	原宿を案内する
か	み	えい	はらじゅく	はらじゅく あんない

376. わしつ　　　　　　　和室　　　　　　和室

11課	見てみよう	映	温泉旅館	温泉旅館を案内する
か	み	えい	おんせんりょかん	おんせんりょかん あんない

377. わしょくのざいりょう　和食の材料　　　日式料理的材料

15課	世界	映		メキシコ
か	せかい	えい		

378. わたあめ　　　　　　綿飴　　　　　　棉花糖

15課	応用スキット	映	神社の境内	咲とめぐみと健太が祭りに行く
か	おうよう	えい	じんじゃ けいだい	さき けんた まつ い
15課	ことば	イ(1)	祭り	
か			まつ	

379. ワット・ラチャオロットこう　ワット・ラチャオロット校　瓦特・拉喬歐羅特學校（位於曼谷）

12課	世界	映		タイ
か	せかい	えい		

380. ワンピース　　　　　ワンピース　　　連身裙

10課	ことば	イ(2)		女子ふだん着
か				じょし ぎ

執筆者

篶島史恵(やなしま　ふみえ)　国際交流基金 日本語国際センター専任講師

久保田美子(くぼた　よしこ)　国際交流基金 日本語国際センター専任講師

磯村一弘(いそむら　かずひろ)　国際交流基金 日本語国際センター専任講師

◆映像教材プロジェクトチーム

木谷直之(国際交流基金 日本語国際センター専任講師)

坪山由美子(国際交流基金 日本語国際センター専任講師)

横山紀子(国際交流基金 日本語国際センター事業化開発チーム長)

中村雅子(元 国際交流基金 日本語国際センター専任講師)

向井園子(元 国際交流基金 日本語国際センター専任講師)

執筆協力

八木敦子(政策研究大学院大学非常勤講師)

作画 (基本スキット)

柳リカ

イラスト

岡﨑久美

翻訳 (基本スキット・応用スキット)

北野マグダ／ Kazue Imasato ／文珍瑛／顧蘭亭

校閲 (基本スキット・応用スキット)

五十嵐純子／ Tom Conrad

Mayumi Edna Iko Yoshikawa (国際交流基金 サンパウロ日本文化センター専任講師主任)

Cristina Maki Endo (国際交流基金 サンパウロ日本文化センター専任講師)

Alexandre Augusto Varone de Morais (国際交流基金 サンパウロ日本文化センター非常勤講師)

金孝卿(国際交流基金 シドニー日本文化センター日本語上級専門家)

高偉建(国際交流基金 日本語国際センター専任講師)

制作協力

株式会社NHKエデュケーショナル／ディレクションズ

テキスト編集協力

株式会社日本放送出版協会

本書原名—「DVD で学ぶ日本語　エリンが挑戦！にほんごできます。vol.2」

艾琳挑戰！我會說日語 vol.2 　　　　　（附 DVD1 片）

2016 年（民 105）11 月 1 日 第 1 版 第 1 刷 發行

定價　新台幣 380 元整

編 著 者　独立行政法人国際交流基金
授　　權　独立行政法人国際交流基金
發 行 人　林 駿 煌
封面設計　趙 乙 璇
排　　版　龐卉媗・林雅萍
發 行 所　大新書局
地　　址　台北市大安區 (106) 瑞安街 256 巷 16 號
電　　話　(02)2707-3232・2707-3838・2755-2468
傳　　真　(02)2701-1633・郵 政 劃 撥：00173901
法律顧問　中新法律事務所　田俊賢律師

香港地區　香港聯合書刊物流有限公司
地　　址　香港新界大埔汀麗路 36 號 中華商務印刷大廈 3 字樓
電　　話　(852)2150-2100
傳　　真　(852)2810-4201